# 金百合

王晓红 ◎ 著

草木之心
履迹心光
午夜繁星

安徽师范大学出版社
· 芜湖 ·

**图书在版编目(CIP)数据**

金百合 / 王晓红著. -- 芜湖：安徽师范大学出版社, 2025.1（2025.7重印）.
-- ISBN 978-7-5676-7172-0

Ⅰ. I227

中国国家版本馆CIP数据核字第20249JV334号

**金百合**

王晓红◎著

JIN BAIHE

责任编辑：平韵冉　　　　　　责任校对：王　贤

装帧设计：张德宝　汤彬彬　　责任印制：桑国磊

出版发行：安徽师范大学出版社

　　　　　芜湖市北京中路2号安徽师范大学赭山校区

网　　　址：https://press.ahnu.edu.cn

发 行 部：0553-3883578　5910327　5910310（传真）

印　　　刷：苏州市古得堡数码印刷有限公司

版　　　次：2025年1月第1版

印　　　次：2025年7月第2次印刷

规　　　格：880 mm × 1230 mm　1/32

印　　　张：8

字　　　数：141千字

书　　　号：978-7-5676-7172-0

定　　　价：52.00元

凡发现图书有质量问题,请与我社联系(联系电话:0553-5910315)

# 今夜 星光灿烂（自序）

今年立春这天，喜逢一场大雪，飘飘洒洒覆盖大地，天地间显得分外圣洁、辽阔。雪天易晴，春雪易化。明媚的阳光下，我走在长江大堤上，和暖的春风吹绿了江边的依依杨柳，也吹醒了大江南北的萋萋芳草。历经寒冬所有的生命火花一起闪烁起来了，在早春二月里微微地燃烧，慢慢地生长。我喜欢走进自然，置身于空旷的郊外，便是置身于一个广袤无垠的诗意空间。或弯下腰俯身凝视野花野草的生长姿态和明艳斑斓的色彩，或仰望高大的树木，聆听树梢上的小鸟欢乐歌唱。

树木花草虽无言说之术，但它们所有的话语都明明白白地展现在勃勃生机里。一棵树一棵草一朵花，在我眼里和心中无不是一首浪漫诗歌。自记事以来，无论我走到哪里，总有一些树木花草、鸟兽虫鱼扑面而来，萦绕脑海，挥之不去。它们走进了我的视线，也渐渐走进了我的"鸟语花香"诗歌系列。春天是一个充满希望与能量的季节，耳边有欢愉，眼前有纯真。四季更替，时光的脚步从不停歇，日子随着万物生长，一天比一天崭新起来。

自1996年金秋季节至今，对于常年往返于芜湖、合肥两地的我来说，不言而喻，对长江有着深厚的情感。从当年乘坐轮渡过江，到如今的高铁横跨两岸，时代的飞速发展令人感慨万分。两地奔波，尽管身心劳累，但长江两岸的旖旎风光深深烙印在我的心间，我总是把那些喜爱的迷人的景色和点滴感悟描写和记录下来，随时翻阅。

诗集《金百合》一共三辑，除第一辑《草木之心》外，第二辑《履迹心光》、第三辑《午夜繁星》，多数篇章都是抒写长江流域的自然风光和人文景观。长江中下游一些市县，因为近，一般是开启自驾模式，方便行驶，比如上海、南京、马鞍山、和县等。去年深秋，在《金百合》即将完稿之际，乘坐飞机去了长江上游重庆。被称为"中国西部地质之乡"的武隆，地处渝东南乌江下游，因同时拥有天坑、地缝、溶洞、高山草原、乌江画廊等奇特自然景观，让我早已心向往之，自然要写进《履迹心光》中的"长江之歌"系列。

将诗集《金百合》初稿整理完毕，电子版发给安徽师范大学出版社编辑老师后，内心感到一丝欣慰。已是夜间九点钟，激动的心情令我走出家门，穿过潜山路走到天鹅湖岸边。

　　今夜，星光灿烂。洒满星辉的地面上，弱小的紫花地丁、肾蕨、蒲公英依稀可辨；紫荆、桃花、垂丝海棠在空净的枝丫上安静地打着朵儿；微风轻拂，湖水泛起阵阵涟漪。星空下寂静的夜晚显得辽远而通透。行走在芬芳悠长的湖岸上，我想起了哥伦比亚作家加西亚·马尔克斯的一句话：生命中真正重要的不是你遭遇了什么，而是你记住了哪些事，又是如何铭记的。

　　是的，我常年用文字记录一些自然风光和人文景观，一些知名的或不知名的植物和动物等。我也常常喜悦于诗稿里又写了一座山、一条河、一面湖、一棵树、一棵草、一只鸟、一朵花。因为，我用文字保留了一些可以留作回忆的珍贵瞬间。用对自然倾心之眼反观人生，人啊，又何尝不是像一粒种子一样，在大地上随万物生长呢？

　　是为序。

王晓红

2024 年 3 月 10 日夜于合肥·国际花都

# 目　录

## 第一辑　草木之心

## 第二辑　履迹心光

## 第三辑　午夜繁星

# 第一辑 草木之心

# 苍 筤

面对草木　向来是肃然起敬的

我匆匆而归　满心的念想

也是为家门口那一片幽深竹林

尤其是那一天比一天高的新竹


这一片竹叶青　虽然没有花开

赏叶也令人沉醉　喜欢

看斑驳的沾着泥土的笋衣层层剥落

看片片绿叶怂恿着阳光逗乐林间

看挺拔的翠竹在风中婆娑起舞

微风轻拂　置身于苍筤深处

似乎看见每一株翠竹　都生出

英气勃勃的翅膀　飞到与山峰

相齐的半空　与蓝天共守一片清明

# 窃　衣

这一株窃衣何时从泥土里钻出
已是袅袅婷婷在一片杜鹃丛中
那枝头的一簇花像伞一样圆满
枝叶下的一朵也摆开绽放姿势

阳光明澈　照耀窃衣纵棱及
向上紧贴的毛针　还有粗糙的
呈钩状的皮刺　这是不是
一株野草为种子的收获与传播
早早地　埋下了自己的小心思

一株野草　像人一样开始

与时间赛跑　以洁白色的花朵

来回馈厚重的土地　直至

深秋　果实和根茎全株入药

# 紫花地丁

常常在不经意间

看见你 有时在路边草丛中

有时在墙脚、砖石缝隙

更多的是在荒凉寂静的沼泽地带

悄悄地散发出春天的气息


而今我又在这风雨过后的黎明

遇见你 清雅的紫堇色的花朵

星星点点在悠远的青弋江岸边

被朝霞点亮的一抹紫光 照耀

萋萋芳草缓缓燃烧在春风里

这小小的野生于旷野的紫花地丁

总让我不由自主地弯下腰身

久久凝视那份鲜艳在低处的芬芳

那份静默的尊贵而神圣的紫红色

# 为此青绿

不为别的　只为这一片

绿茵如海的猫耳刺于微风中

静静地描绘浅夏的风姿

我一来再来　当太阳

冉冉升起的时候　世界

在这一刻静谧而生动


阳光穿透新绿的叶的缝隙

照耀下的串串果实　精致

而鲜艳　这被四季光阴

修炼而成的朱丹红

纹丝不动在碧翠的叶片下

闪烁宁静祥和的光辉


初夏的光景如同初醒的梦

今春的繁花　也已化为果实

青涩登枝　它们开始

举起生命之初的一丝微光

追寻内在的丰盈和宁静

开始踏上新一轮的修炼之旅

# 鸢尾花

此刻　烟雨迷蒙的景象中

鸢尾花悄然绽放　清新的

雪青色花朵　瓣瓣细腻的纹理

波浪一般荡漾在初夏的新绿里


雨丝飘洒　蕴含岁月的慈悲

鸢尾花　感受雨滴的清凉与

滋润　每一朵都散发出独有

的芬芳　和优雅从容的品性


在五月花的海洋里　雪青色的

鸢尾花以清雅飘逸的姿态

静静地　传递着光阴岁月中

无尽的智慧、秘密和好消息

# 虞美人

不知道　是哪一只吉祥鸟

把你深藏腹中　穿山越水

像一位侠肝义胆的勇士

精心　为你选择这一方福地

似乎这里睡眠着最美的骸骨


不知道　是哪一阵和风捧着你

像捧着自己的一颗心　飞行

再轻轻地　把你放在

这安全地带　三叶草丛中

当葱绿的三叶草　纷纷举起

洁白色的小花朵　溶溶地

铺展在春风中　一棵虞美人

在慈静的锦缎中　娉婷

这草木之心的　冷焰一闪

那是一个女子的温柔与壮烈

坦诚地　嫣红在

朝露未尽和暴风雨来临之前

# 金银花

恰似一阵云烟从山涧升起

向树木、向朦胧的黎明蔓延

那是金银花正穿过黑夜走来

心无旁骛地绽放自己的绚烂


这芬芳轻盈的一束白练

仿若身穿洁白色霓裳的天使

铺开一地芳菲　让我们在这个

崭新的夏日清晨　泪流满面


很难找到贴切的语句来描述

你那独有的芳香　我只能

把目光投向你那珠光闪亮的花蕊

探测你心灵深处的汩汩香泉

# 苦　楝

湖边　数棵苦楝正花满枝桠

阳光下　披着淡紫色的

薄雾一样的轻纱　那是秀丽的

苦楝花的妖娆　清香悠远


来不及细想　自认为

是遇见苦楝今夏最华美的时刻

所有的果子孕育在花心　尚未成形

青春之梦　如点点跃动的火苗燃烧烈焰


草木的存在　似乎都是为了

一个缘故　吸收烟尘

抗二氧化硫　以及杀菌

除虫、清热解毒

餐风饮露　忙碌的身影

不分昼夜地熬制一剂苦药

# 合欢花

在雨中　我频频回首

天鹅湖中这座小小的岛屿上

有成群的鹭鸟翩跹起舞

还有合欢树嫣红在绿林深处

静听雨打风吹的湖面喧嚣如流


雨中自然看不见天边的太阳

而飘逸在岛上的那一抹嫣红

分明比朝霞还要明媚、鲜艳

一时间热泪在心中汇成河流

这就是合欢树　　这就是我喜欢的

合欢花　轻盈秀丽在枝头

经受凄风苦雨的洗礼　再颠簸的

日子　也如此闪闪亮亮地过

# 栀子花开

我闲思　谁都不会信口

否定　初夏的风是香甜的

而这香甜的风中　一定

少不了栀子花醇厚的浓香


晨曦中　你舒展的身姿

披拂新绿　朵朵洁白的花

交织成耳语似的诗句

轻轻地掀开大地的一角心境


红尘飞土　在浮华起落的

路上　你伴着竹林细雨

伴着日月星辰　用一片沉静

牢牢守住　你馨香的灵魂

# 芦花轻扬

凛冽的冬风　持续地

将大地炼白　而江边的风

更是彻骨生寒　冬天的白

最有气势的不止在霜

也不止在雪　你看这芦花

随性而舞　以轻盈的姿态

迎风摇曳脱俗的优雅

如白云柔和淡泊

如香得醉人的姜花　轻轻

漫漫地飘逸出梦幻般的意境

似乎　向往那遥远的冰雪之地

白茫茫一片片　层层笼罩在
幽蓝色的群山之上湖泊之间

阳光依旧明媚　怎奈何
冬日的疾风携带穿心而过的冷意
芦花昂扬在风中多么像白发亲娘
站在季节的渡口回望　回望
一轮春夏秋冬的历练和跨越
朦胧中　灼灼其华在光阴间缓缓蒸发
还记得　那个在和煦的春风里
疯长的春姑娘吗？
蒹葭苍苍　嫩绿的
一棵棵细长的芦苇迅速拔节
翩翩地贴水而行　悠悠远去
恰如人们漂泊动荡的青春年华
在无涯的时空中弥漫飞扬

日落黄昏　最是喜欢凝望
轻盈的飞鸟　盘旋回巢
伴着风声也伴着涛声
在芦苇深处叽叽喳喳欢呼雀跃

直到夜幕沉沉落地

风声再起　涛声依旧

而欢快的鸟儿已经沉沉地

把白天的喜悦带入甜蜜的梦乡


江岸的黎明　宁静而妩媚

淡青色的江雾缠绵缭绕

坡上树木婆娑、花落含香

这融进我血脉里的芦苇、杨柳

以及各种野生蔓草　一切粗犷

与质朴　是洁白无瑕的过往

是青春停留过的远乡　时时

在我的心田散发出清香的张力

生动着我五彩缤纷的梦

# 木槿花

黄昏　微风吹着浮云

细雨　漫漫飘落大地

暮色里　木槿花

碎玉一般随风而下

似乎　每一朵花不约而同

都放弃了苟延残喘的自我

更像是　从灵魂深处

隐约传来的彼此呼唤

鲜艳在泥土上的这一群

优雅、从容的花仙子

所有的温柔的色彩里

无不放射出冷艳的光芒

这些散落在地上的花朵

便是在晨曦中敞开胸襟

一任晨风吹拂　刹那间

展开的　一场绚烂告白

无论是白色、粉色、雪青色

无论是单瓣、复瓣　木槿花

可贵的　就是那瞬间的

饱满与洁净　且甘愿荣落

果断剪除枯萎与迟暮的累赘

在永远葱翠的大地上

以明艳、扎实的姿态

站立成崭新、迷人的风景


夜色深沉　雨中的木槿树上

又缀满了数不清的小花蕾

精心准备迎接终将到来的一刹那

晨曦中　玉枝娉婷、目空尘俗

轻轻　敲醒人们心中沉睡的

角落　生出生命初始的

对一切美好事物的眷恋

# 香樟树

芳菲四月　足以让人们张开双臂

拥抱整个世界　像成群的鸟儿

陶然于　那些花红，那些新绿

那些柳絮翻飞　拨动春色之间

那是大地上生长出来的

未经污染的植物　妖娆

在春日的暖阳里熠熠生辉


河山锦绣　放眼望去

袅袅蒙蒙的远方　一重重

浓稠的绿，密云一般荡漾开来

强大的定力　让许多事物

在你的面前显得若隐若现

那是一棵棵一排排一片片

壮硕的香樟树　静定在云水间沉默不言

和煦的春风　为你一层层脱去厚重冬装

崭新的嫩绿色叶片　层层叠叠

翻卷在温暖阳光里　银光闪烁


巍然肃穆　周边的世界

似乎显得复杂、暧昧、含混

流转着　似曾相识或者全然陌生

触手可及或者山重水复远隔千里万里

你以岿然不动的智者风范

用执着坚守初衷，用长情守望爱恨

用尽全力去看万物渐行渐远

深沉的目光明晰、清澈

洞穿数百年间沧桑岁月


纵然是梦中醒来　也能够

分辨出你独有的芬芳

馥郁清香的体魄始终洁净

与生俱来的驱逐力从未塌陷

让那些霉菌、害虫落荒而逃吧

时光飞逝　远古的岁月已经模糊

唯有那一只只樟木箱子　朱红

成色鲜亮　密实坚韧

把一代代人的记忆打湿

那里有　层层叠叠的物件

绣织着　娉婷沉静的花好月圆

流传着　温馨浪漫的人间乐事

收藏着　世世代代的幸福美满


一座城市因为有你

更加洁净葱翠　一座深山

因为有你　更显巍峨庄严

辽阔原野　因为有你

像一方高耸、垂直的丰碑

托起大地孤傲的灵魂

争奇斗艳的春天　因为有你

更加彰显快乐、活泼、力量和生命

# 乌桕记

霜降过后　日渐寒冷的西北风

一遍又一遍　将茫茫大地

梳理得简约、清丽而果断

阳光迅捷　催逼着

长长的树影向人行道铺去

太阳很快就要落山了

我站在夕阳与暮色之间

久久凝视　一排排乌桕树上

那一簇簇晶莹的白色颗粒


晚霞中　朱红色的乌桕叶

似乎包藏着暗红色的火焰

烈烈风中闪着蜡质的光辉

乌桕树　沉稳而持重地

把洁白的果实挂满枝头

那是朝圣者的心吧　白瓷一般

熠熠的光芒支撑住夜色

摇晃着渐暗的天光


乌桕树　我向来情有独钟

你总是让我的记忆回到童年

回到那个彩霞满天的黄昏

回到故乡河沙洲上

一眼望不到边的乌桕树林

那是一幅色彩斑斓的图画

那里曾经飘荡过我和外婆

姨妈还有我的姐妹欢快的笑声

我们兴奋地捡拾乌桕颗粒

夕阳下　张张笑脸在那个深冬季节

和乌桕叶一样红扑扑的　不带一丝寒意

# 萱草花

窗外　一场又一场黄梅雨

顺着季节的韵脚　淅淅沥沥

下个不停　倾情地浇灌大地

春已逝　地面上姹紫嫣红退尽

那些碧翠的稻秧、树木、竹林

以及白色的花朵　如茉莉

玉兰、栀子花等　以清漾的

姿态、芬芳的气息昂扬入场

六月　我喜欢这样的时日

清风入怀　万物充满生机

昨夜的风雨更急　　当所有的

植物　　飘摇在暴风骤雨中

那些柔软的芳草　　生命的轨迹

似乎遭遇残酷的篡改

我尤为担心的　　回家的路边

那丛丛萱草花　　一定是

溃不成军　　零落成泥吧


嗨！担心真是多余的

晨曦中　　一棵棵萱草花挂满雨水

像一群灵魂舞者摇曳在微风里

那些如菖蒲似蒜苗、纤长柔软

碧绿的叶茎　　将新绽放的花朵

托举在枝头　　那分明是一根根细线

将梦想与现实　　紧密相连

橘红色的萱草花　　火焰般燃烧

葱绿的大地上　　处处流动着

慈母温暖、缤纷的爱的踪影


我喜欢萱草花　　花枝秀雅葱茏

乐而忘忧　　尤其是

这鲜艳在雨中的萱草花

朵朵独秀在仲夏葱翠清漾的时节

火一样点亮人们　　相信

梦想是人世间不可战胜的力量

# 红梅花儿开

早春的颜色　有些

还沉睡在残冬的长梦里

褐色大地上　绿意轻浅

早早地　在蔚蓝的天空下

燃烧起　炽热明艳的一团团火焰

那是红梅花儿开了　像片片祥云

弥漫空中　飘荡阵阵清香


红梅花儿开了　开在

春寒料峭冰冷坚硬的枝干上

那飘逸在枝头的窃窃私语

又何尝　不是你坦然呈现

隐藏在心底的秘密

饱含喜悦和淡淡忧伤

那是深深扎根大地的执念

那是生命的力量光泽鉴人


红梅花儿开了

灼灼明艳在广袤大地上

也鲜亮在过往行人的眼眸里

像张开双臂的童孩在春风里

欢迎燕子从天边飞来

更像一首欢快的歌谣　荡开

残存在心头的一丝寒意

唱起它　心中充满欢乐和希冀

# 广玉兰

未必　　一定要有一腔如麻的愁绪

与密集的人群拉开遥远的距离之后

才能腾出时间　将目光投向

这一棵棵壮硕的广玉兰树

才能看见　　油亮亮的阔大绿叶

在阳光里闪耀光辉　才能闻到

纯白的花朵如莲般舒展开来的芬芳香味


不是吗　广玉兰便是在轮回的四季

渐渐走向成熟的季节　次第打开

生命中　火一般燃烧的激情

在炽热的夏天绘制花季雨季

编织自己绚丽多姿的青春


我知道　一朵莲的心事

安放在温润的水里　宽慰

和充实池塘的胸怀　不遗余力

而你则把芬芳的青春送上蓝天

如白鸽一般　勃勃的力量蔓延

在阳光下振翅盘旋　与池塘里

那一朵无瑕的莲遥相呼应彼此守望


广玉兰　一棵艰辛的岁月之树

扎根于平实的大地　壮硕生长

繁星牵引着你成长的方向

朝霞里那一树花朵

像盛满泪水的金樽　深情地

向蓝天致敬　这高昂的

洁白的　芬芳带泪的花朵啊

也为蜜蜂、蝴蝶　还有聪明的人类

指点迷津　在一个个平常的日子

在一条条熟悉的街巷

彼此眷恋　共话桑麻

# 寒　柳

明月高悬　照澈一湖清欢

一棵棵柳树倒映天鹅湖中

锋利如刀浩气漫空　湖水微澜

空净的柳枝与明月　肝胆相照


在冬天　在腊月

柳树　不讲柳絮随风舞

不讲柳叶如眉翠色如黛

只讲风骨　一棵柳树的风骨

寒风刺骨　撇开生命在季节中

经历过的　些许混沌不清的状态

以苍劲傲骨干脆地演绎断舍离

没有一片柳叶在枝头残喘越冬


生命中曾经有过的所有繁华

终究归于寂静　这个寒夜

冷傲的柳树　吸引我把笔墨

轻轻移近岁寒三友　松、竹、梅

# 红杉树

如果没有一场纷纷扬扬的雪

覆盖大地　这江南的深冬和

初春有谁分得清明　从这条

高速公路到那条高速公路

在静止不动的路面两旁

整齐排列一棵棵红杉树

如两条九曲回肠的　赤色

小径缭绕盘旋　不断穿过

烟雨江南依然是绿意盎然的

山冈和田塍　分外耀眼

越野车在高速公路上飞驰

从我们身边闪过的

不只是红杉树的绰约多姿

更有心灵的热情和理智的冷峻

霜重色愈浓　你用冷静的尺度

丈量人世间的冷暖　目光坚定

在季节的河流中度过许多

不寻常的白天与黑夜

不断扎进未曾动过的地层深处

挺拔身姿　耸立在

扑朔迷离的人世间　纵然

沧海桑田　也难以覆灭你这棵

植物界高大醒目的　"活化石"

# 亲亲茉莉花

雨停云散　茉莉花

枝叶上的雨滴还在静静滑落

枝头上一簇簇小花蕾已在逐渐

明朗的天空下一点点敞开心扉


当真是风雨无阻呢　小小的

洁白色的花朵上晶莹的雨珠闪烁

像天真烂漫的孩子们的笑脸

刚才的一场暴风雨已抛向天边


清香幽远　尽情挥洒大自然的

恩泽　抚慰了多少暗结愁肠

愁眉苦脸的人心　执一份

淡然与超脱　静静感悟

心房搏动的节律是如此庄严

# 夏日·葳蕤

站在这一天悠长的白日光里

到哪里去寻找　一晃而过的春色

那些还来不及写的蚕豆花、豌豆花

那可爱的灵动的　躲藏在绿叶下

这里那里都有的猫儿的眼睛　已是

绿莹莹地呈现于餐桌上的一道清欢


夏日的绿茵又是那样漂亮而年轻

那浓密的树梢　像美丽的姑娘

头上裹着的翠绿色的轻纱

在旷野的风中高高扬起

散发出生命的芬芳气息


夏日葳蕤　葱绿的禾苗

在田地里纷纷拔节的韵律

日夜　窃窃私语在熏风里

那是说不尽的生命的美丽

那是道不完的成长的快乐

和必不可少的时光磨砺的痛

在这阳光灼热的夏季如此青绿

# 鸭跖草

令人惊艳的　这一抹静定的蓝

星星点点如振翅欲飞的蓝雀儿

不介意火红的杜鹃花就在近处

也无惧奔放的月季已越过墙围


人间无杂草　这轻盈的野生的

在每一个当下都充满

喜悦和希望的鸭跖草　把最绚丽的身影

缠绕在季节的波纹里走向荼蘼

# 风车茉莉

在五月和暖的熏风里

风车茉莉正以奔跑的速度

攀缘于丛林中大树、小树之上

仿佛有神力相助运行于上下四方


青绿色的藤蔓凭借周身的毛孔

吮吸浅夏的精粹　将满身的花朵

送上树梢　旺盛的生命力在

茂密的洁白色花朵中滋生繁衍


此刻　东方的太阳冉冉升起

把温柔的霞光洒遍青碧的山冈

欢乐的小鸟在花朵间边跳边唱

阵阵山风拂过　清脆的歌声

和芳香的气息弥漫远方　那是

生命力散发出天然的智慧

那是大自然挥洒出的绝妙篇章

# 姜　花

难得　朝露里这一束清净的白

难得　高温下这一丛葱翠的绿

更是难得这飘散开来的馥郁清香


像一阵轻风穿过空旷的田野

扑面而来　冲淡阳光的灼热

以及燥热里的恍惚、隐忍与挣扎


姜花之美亦在于它的纯真和

勇敢　在落叶飘零的日子里

与未经世故的秋虫一起　踌躇满志

# 翠芦莉

出于无知，我曾下过决心

要把天鹅湖畔所有的植物

都留在文字里

不止桃红李白　不止垂柳依依


日升月落　流逝的时光中

哪有永恒不变的风景

且不说那些不曾辨识的花草

无从下笔　更有

这不断更换的品种　花样翻新

就像眼前这片茂盛的翠芦莉

我也是近年识得的花草　先是

不起眼的稀疏几支摇曳在春天里

而地下根茎迅速蔓延扩张

交织成水平网　不断生出新植株

不知疲倦　倏忽间形成一片紫色花海


有空的时候　我喜欢来这里

和翠芦莉坐一会　观察到它们的

枝头　每天都有新绽放的花蕾

而且　每一朵花都是朝开暮落

从不恋枝　悄悄地

把沉积在岁月里的烟熏火燎

悉数抖落　一份鲜艳而精致的美

始终　荡漾在一片花海中

# 在雨中

这一畦畦豆角舒展在雨中

越发地葱绿、修长

像是夏的舞姿

劲爆而柔韧　密集的

折射出丝丝耀眼的光


那双采摘长豆角的粗糙的手

也采摘过青椒、刀豆、玉米

茄子、西瓜、黄瓜、桃和李

这些在热烈的季节里

青春飞扬的主角吧

哦！那黝黑的脸庞上

闪烁的汗珠　含着笑

还有　这飞旋于架上的蜜蜂与蝴蝶

以及嘶嘶蝉鸣　相互交织

无法定义夏天是独属于谁的故事

绿涛恣意　这天地间永恒盛放的无尽夏

似根根琴弦　弹拨一曲清脆悠扬的歌

# 雨打芭蕉

夏雨急切　不等天空把雨幕拉好

已经　下得淅淅沥沥

芭蕉树仍然不动声色

像一位静坐园中的时光老人

任凭风雨在叶片之上轻歌曼舞


在西河古镇　在这样的清晨看碧绿的

芭蕉树的叶片层层展开　露出真心

迎着山谷飘来的清风回旋

仿佛于静默中追忆陈年旧事

如粉墙黛瓦、飞檐走翘

如竹编藤编草编、木雕石雕砖雕

如扎染蜡染、针织刺绣


在雨中　听雨打芭蕉声声入耳

看绿影摇曳　影影绰绰

这是一场难得的近乎奢侈的邂逅

身心皆陷入清凉幽静的

闲适、惬意中　陶然、释然

# 紫薇花

不是说　花无百日红吗

紫薇打破常规　一份娇艳

从初夏铺展至深秋　纵然

苦夏拉长了季节　紫薇

就在这漫长的季节里

与阳光下的万物做一份长情的陪伴

花朵淡紫、浅红、纯白，次第绽放于枝头

日日绣织明艳、轻柔的一团锦绣


草木情深　质朴的花木光滑纤细的枝干上

生出细碎的椭圆形小叶片

以及颗粒状包裹严实的小花蕾

每一朵花的绽放

恰似轻轻开启一把精致的墨绿色的

小提琴盒　轻快、曼妙的乐曲随风扬起

给炽热的季节平添丝丝凉意


生命脆薄　不比

一树花更经得住时光的打磨

# 四小花旦

难怪如此亲密

番茄花、土豆花、茄子花

辣椒花　都属茄科植物

尽管果实大相径庭

肉眼辨别不出同宗同族


它们在旷野的风中

精心地打着细碎的朵儿

轻盈在枝干上　绿是深渊

是手捧妖娆的托盘

广袤大地　总是设关布卡

来检测　人类的智商

包括舌尖上的美味　也不例外

当青红蓝绿摆满一桌

酸甜苦辣皆鲜香

如何品咂得出

哪些是近亲　哪些是近邻

哪些果实悬挂在枝头

哪些果实埋藏于泥土中


花的世界如此鲜艳、有趣

清丽的眉宇　稚气迷人

它们也不管自己的来龙去脉

每一朵花　都只为

捧出自己的果实　那是

自己无怨无悔的青春

# 石　榴

是那样火红的花样年华

渐被炎夏的激情打造成佛

不过是三个月左右的光景

从五月到八月　从暮春到金秋

你已完成一个生命周期


如今　你端坐在高朗的秋的

枝头　那样敦实、那样圆满

血色花瓣日夜绣织的颗颗珍珠

打开在艳阳里　熠熠生辉

滚动着时光里的风声、雨声和雷声

以及生命的激昂、踌躇和战栗

生命的旅途上纵然栉风沐雨
为大千世界输送琼浆玉液是不变的初心
无论是石榴米还是石榴汁、石榴酒
注满阳光的心田流溢出清泉似的思想
化作甜美的歌声
随日渐清凉的秋风飞向远方

# 落花生

那一片翠绿　在雨水丰沛的

季节由浅入深　绿叶底下

悄然绽放的水黄色花朵

那样清亮　那样小巧

若隐若现、灿若繁星

犹如大地朦胧的遐想在神圣的

仪式上　点点滴滴表达心曲


正与那些妖娆在高枝上的花朵

不同　它们矮矮地匍匐在地上

花落根生　静静地扎入泥土

默默地建造自己的小木屋

似乎要把凡尘俗世里　那些

嘈杂的攀比和盲从　拒之门外

一门心事结自己的果实


那密集的典雅的小木屋

如出自宋朝能工巧匠之手

精雕细琢　巧妙地将大地

胸膛里的愿望一并注入果核

当秋风把满山林叶逐渐染红

一串串花生也从泥土中挖出

颗粒饱满　笑脸向着晴空

宣示丰收的喜悦和梦想成真

# 益母草

如果不是萧瑟秋风阵阵打压

你苗壮的身影　仍然在节节

攀升　似乎要把地面的景物

连接于静默的　高高苍穹


不能不说这是晨曦中难得的遇见

你绰约在草丛里　霞光中犹如佛塔

层层叠加　小小的粉红色花朵

沾满露珠　开得那样活泼欢快

恰如　宋人笔下的一阕词

人世间的美好皆入眼入心

不是不知道　每一次盛开

都面临着一场凋零　然而

一个善良的生灵　重心所向

一切力量　皆从内里迸发而出

热烈鲜明的景象　翩然而来

# 茑萝

晨光里铺展的一片娇柔

恰似朝雾漫出山谷　或者

清波荡漾的湖水　有着说不尽的

宁静　和左旋右转的欢腾


扎根于两块坚硬的褐色礁石之间

从那铮铮似铁的夹缝里　伸出的

嫩绿的藤叶　任凭风力推送

如悄悄流淌的时光　缓缓延伸

不比那些硕大的花朵分外耀眼

可爱的忙碌的　小小的红五星

荧荧闪烁于绿色梦幻中　像快乐

无忧忽来忽去的幼童　活泼轻灵

# 石　竹

清晨是它们的　花园里

这些在黑夜隐秘的深沉里

默默扎根的生命　每一瓣轻盈

都承载着晨曦清凉的露珠


一丛低矮的石竹　枝叶碧翠

在处处闪烁珠光的百花园里

矜持地开着粉红色的花儿

以淑女风范诠释生命的优雅


石竹花从不失坚韧的秉性

在熙熙攘攘人来人往的花园里

恬静地微笑着　举止谦和

赐予人们无限的生机和欢乐

# 红高粱

遗憾的是　我从未看见

或涉足过　一望无垠的高粱地

在幽渺的往事里搜寻到的是故乡村民

在大别山的山山岭岭上开垦的

这里一块那里一块　互不相连的小园子

在四季耕种的各种农作物里　毫无疑问

红高粱　是人们视野里最热烈的光焰


何其完美的静态　遥远的山岗

难以察觉与季节同来同去之变化

沉静的绿意　彰显着稳固无虞的

平安宁静　没有纷争和猜忌

少年的脚步　踏着高粱同样轻快的

节拍　山坡上到处洋溢着欢乐

直到秋日的艳阳　把高粱染红

才知道　又跨过一段艰辛征途

又奏响了一曲嘹亮的丰收之歌

# 苹果香

秋日清亮而温暖的阳光

覆盖在色彩斑斓的果园里

清新如甘霖似的空气里

弥漫着的甜润的苹果香

让我的心儿吮吸到了祥和


长久地沉浸在芬芳的果园

不舍离去后　我似乎感觉到了

永远的平静和恬适的源泉

就在这里　你同样经历的

生命中不可避免的长年累月的

劳作和因之而来的忧心忡忡

我猜想你心灵深处　一定

洋溢着美妙和谐的乐曲


若没有美妙和谐的乐声回旋于心

这鲜艳的红苹果的清香从何而来

当成熟的苹果香日渐浓烈

那之前生命无休止的劳顿

所挨过的煎熬又算得了什么

此刻　我愿意住进你

孩童一般纯洁的心灵里

伴着乐曲　默然相守寂静欢喜

# 红　蓼

就这样　季节的深度充盈在
你克制不住的奔放的艳色里
初霜薄凉　葱绿的荷叶已枯败
日渐枯黄的芦苇花絮纷纷扬扬

而你垂出一串串火辣辣的花穗
摇曳在清秋的风中　燃起火焰
任凭候鸟盘旋或奋翮高飞
让更多的人　甘愿沿着
寂静的河滩湿地走更远的路

# 野菊花

不要问这草丛里的一蓬野菊花

从何而来　也不要细究它们

往年是否也在这荒野山坡

同一块土地上盛开得如此灿烂


从春到秋　太多的风吹雨打

不必重提　只为一抹金秋艳阳

牢牢扎根　一直忙于蓄积、饱满

以绽放的姿态迎这属于自己的季节


生命中一切美丽绽放实在短暂

在季节更替里　不过瞬间一瞥

亦如水面上的文字　似有若无

你以一缕细香和几丝清苦

链接光影里不可重复的

彩色记忆　年复一年

# 芙　蓉

要拥有怎样锦绣的心田

方容得下这温柔而狂野的盛开

你从黎明中醒来　缓缓

展开色泽娇艳的花瓣

一圈又一圈　如海浪翻卷


初冬的清冷与早春的寒意

几近相同　区别在于季节

深处的阳光透射生命的颜色

那明媚之中潜藏的一份淡泊

与宽容　在日渐褪色的季节里

尤显其原状原色的质朴本真

在众多的别名里　如拒霜花
木芙蓉、地芙蓉等　我想
最为贴切的莫过于拒霜花
从匡河水面吹过来的风夹杂
清冷　你一身霜花在阳光下
融化成朝露　寂然生辉
漫步于悠长的芙蓉花径之间
轻嗅你身上散发出的阳光的味道
如同卸下了满身尘土般的疲惫

第二辑 履迹心光

# 里下河之歌

绿意盎然　里下河

静卧在四月的艳阳里

像一场青烟色的梦

氤氲在沟汊纵横的碧波中


那些苍鹭、夜鹭、牛背鹭

还有池鹭、草鹭　滑翔在

澄蓝天　像流云一朵

画下一闪光、一息风的痕迹


那水杉、池杉、落羽杉挺拔

早已冲毁寒冬的镣铐　抖落

一身的胡萝卜素、叶黄素

饱含叶绿素　气宇轩昂

将俯首在低处的一曲水的风骨

举向苍穹


这飞鸟、这杉林、这碧水

这自由自在宠辱不惊的锦鲤

这独特的水乡湿地公园

傲然　在熙熙攘攘的人世间

# 千垛花海

我来的时候　正好

错过了你最娇艳华美的时刻

你已不再被飞逝的流光称之为

芳菲四月里　最美的新娘


你当然没有　因脱去

一身金黄色华服而憔悴失色

而是以健康的、年轻的母亲

饱满圆润的身姿　傲立于世


而我　正是喜欢

你以这实诚、敦厚的品性

毫不迟疑地托住　满园春色

将华而不实的虚词远远抛开


一念花开　千垛镇

曾经的沼泽、草地　还有

八卦战壕的血腥　在千百年的

历史烟云中　华丽转身


悠然地　穿梭于

纵横交错的"岛屿"之间

淳朴的划船姑娘青春的笑颜

和千垛油菜　如同心灵之花

在世俗之外的仙境悄然绽放

# 印象武隆

你从那轰然裂变的

一声巨响中站立起来

一道道屏障壁垒　直插蓝天

多么像　一座明媚崇高之城

镌刻上远古时代事物的记忆

武隆　从那一刻起得以升华


壁立千仞　那些

青黑色的悬崖之上

摇曳着太阳的光辉

像夜空中的星星眨着眼儿

在黑暗中交相辉映

而巨大的天坑之上　飞架

天龙桥、青龙桥、黑龙桥

巧夺天工　以磅礴的气势

构造出亚洲最大的天生桥群

雄险、幽绝　称奇于世


和众多人一样　喜欢飞泉

石壁　溶洞四伏水帘高悬

经年不息汇入幽深的峡谷

那深邃的龙水峡地缝

吞噬最后一抹夕阳的光辉

悠远的去向默默地告诉人们

尘世间多少岁月的沧桑

在涌动的暗流里　历险

# 乌江天险

总在梦里寻找这一道天险

当乌江两岸　林木的叶子

渐渐泛红　且开始飘落

青褐色的树枝舒展开身躯

袒露风中　我乘坐于

古铜色的游船上　眺望远方

饱览　梦中山水画般

醉人的五彩斑斓的秋色


沟谷纵横　无不从

四面八方汇聚而来

展露出一曲水的妩媚多姿

也毫不掩饰地　展露

她柔润的锋芒　乌江

由东向西从中部横断全境

让巍峨壮观的两大山系

武陵山与大娄山　只能

隔江相望　互不干涉


漫长的深度溶蚀　形成的

深切槽谷交错出现　构成

崇山峻岭、岗峦陡险

在乌江岸边　随时遇见

年迈的老人稳健的步伐

和喜悦的容颜　他们目睹了

繁华城市从废墟中崛起

他们深切地感受到了

碧波荡漾的乌江水中

那一滴滴殷红的血的温热

# 太平湖

山路弯弯　沿着

一座座山脚蜿蜒而去

皖南的美向来迷醉游人

何况这四月　每一棵树

都是翡翠繁生、绿意汹涌

那凝露的映山红

是群山　静静自燃的灵魂

鲜艳在崇山峻岭　深情地

唱着彩虹似的希望之歌


此刻　夕阳冲破了

屏蔽一天的乌云

阴沉的　细雨蒙蒙的天空

像打开了一扇窗　广阔的

湖面　盛满鲜红的太阳

内心的虔诚和秉性的坚硬

金碧辉煌　分明

是要让远道而来的客人

在明亮的光线下　饱览

太平湖的澄澈和清明


不止在四月温润的时光中

这里　山林、溪流、湖水

都是净土　青山坐落于

湖水四周及波心　绿得惊艳

湖水丝丝化入空中

岚烟升腾　那是群山进入了

属于赤子的清净祥和的梦乡

# 漫步桃花潭

在四月天朗气清的日子里

自然想到桃花潭来走走呢

雨润过的岸边凉爽又温柔

从层岩衍曲到回湍清深

舒心的　漫无边际的绿意

被青山和流水反复折叠


沿着桃花潭东岸疾行

至东园古渡　江水

依旧湍急　烟波无际

遥想千年前的踏歌相送

依依惜别　一段情谊
唯有不含势利的杂质在其中
才被视为永远的敬意和怀念

朋友！到桃花潭来走走吧
峭岩上　古藤缀拂烟雾缭绕
赤足涉过溪流、踏过新泥
看江水清冷澄澈、微波涟漪
看山涧流动的轻岚　像云的
足迹　饱含桐花、槐花还有
醇厚的香樟树的芬芳香味
在四月的晴空丽日里　闲游

# 西河渡

到这里来　这里是

青弋江与水阳江交汇的地方

江岸远近的翠林舞动在春风中

宽阔的水面　流淌着

清幽的温柔而馥郁的梦


古老的渡口漂泊在时光河流中

仿佛还能看见往昔繁忙的江面

竹木排筏　穿梭来往的情景

还能听见　船工熟稔有力的

号子　耳语般亲切

古镇明显衰旧　曾经的房屋

店铺门面飞檐对峙　坚固的

基部麻石驳砌　峭壁耸立

尽管饱经战火、风雨侵袭

依然彰显曾经的热闹和繁华


到这里来　这里是西河渡

当时代的列车逐渐替代排筏舟楫

古老的渡口安静如百合花开

依然　用忠诚的目光

在俗世人间　看变幻凡尘

# 逐梦桃花岛

那一颗龙珠　是永远的

镶嵌在两块岩石自然构筑的

空间　鸟巢一般，恰到好处

不知道这个小小的三角洞口

到底隐藏了多少秘密　才能够

巧妙地　将一颗龙珠拥入怀中


晨曦中　海风轻拂

海浪拍打着金色沙滩

这一颗光滑圆润的龙珠

稳稳当当地安坐在桃花峪

此刻　哪怕关于龙珠的传说

有千万种啊　我依然坚信

镇守桃花岛是你无悔的选择


在奔腾不息的波涛冲击打磨中

你沉稳　默然地告诉了世人

生命　就是一场修行

我们注定会在经历千回百转中

学会承受　懂得淡定

明白生命的意义


桃花岛　更像一朵盛开的莲

坐落在水中央　岛上

林壑幽美，繁花错落有序

浪花飞溅　那是大海的心语

我懂得　一朵浪花有一个传说

因为我和你跳动着一样的脉搏


在这波光闪闪的大海

在幽静的桃花峪踩着沙滩

凝视海浪　置身于

如梦似幻的辽阔苍茫里

已分不清　眼前

是传说中的仙境　还是

实实在在的　烟火人间

# 乌衣巷

燕子飞来的时候　春天

就不再是一股似是而非的气息

而是杨柳拂岸百花争艳的春潮

把所有僵硬的寒气　从静止

不动的沉寂里驱赶到天外

而这时我乐意在温暖的阳光下

充当旁观者的角色　任凭

燕子轻捷的身影飞来飞去

听凭那亲密的呢喃声环绕耳畔


从文德桥上慢步穿过秦淮河

抬眼望见乌衣巷　正静静地

平卧在秦淮河的南岸　像一片

舒展的柳叶　旖旎而温润


来燕堂正是我想见的模样

那些高飞低行的深黑色的小燕子

迅捷的身影　不时从头顶掠过

伴着节奏的滑翔　和旁若无人的

昂扬　多么像当年进进出出的

王谢两家豪门望族的子弟

那霸气的黑色装束和傲慢行迹


云谲波诡　一个时代随之而来

又随之而去　六朝金粉

火焰般闪耀在秦淮河的艳色里

曾经所谓的荣华富贵早已荡然无存

只有梁间呢喃的飞燕

伴随着书圣王羲之、王献之

伴随着山水诗鼻祖谢灵运、谢朓

伴随着乌衣巷　一起

走进蔷薇色的历史的秦淮河

在诗人的笔下起死回生化为永恒

# 神山公园

东方既白　神山公园

一切都是刚睡醒的模样

深深浅浅的朦胧绿意中

点缀上鹅黄、玫红、纯白

那些星星点点的　带着

山野气息的蜡梅、红梅

还有迎春花、山茶花

次第打开芳心　凌寒而开

蓦然间　看见火炉山上

留下的　那穿越千年

布满岁月沧桑的淬剑池

试剑石、干将墓和铁门槛

静静地沉默在雨打风吹处

宛若一场失去声色的旧梦


公元前　遥远的战国时期

曾经的炉火通红

像一地往事　划过心田

辗转风尘　干将、莫邪

早已成为昨夜的风昨夜的人

像这凄雨冷风中飘零的花朵

宛若云烟　不留影踪


然而　世界上用最原始的

冶炼方式　无意中炼出的

最初的　那一块渗碳钢

那一把锋利的闪烁银光的宝剑

依然　如一抹淡紫色的流光

时时荡漾在芙蓉湖水波中

点燃　昔日的炉火中天

# 城墙根下

仿佛与一场春雪有约

走进寿州古城　一路静谧

深厚的积雪早已将浪漫铺开

一幅历史画卷更加清晰明艳


城门高耸　把威严

和智慧投进我们的眼底

伸手触摸风雨侵蚀的城墙古砖

雪花在斑驳的痕迹里补充色彩

侍水以为固　古城西据淮河

东临淝河　北依淝河入淮口
春秋时期全国六大都会之一
曾经的辉煌舟楫如梭商贾云集

在冷兵器时代　寿州成为控制
江淮大地重要关隘　其兵家
必争之地的战略地位从未改变
淝水之战开创了以少胜多战例

筑土围城，以水兴城
一轮又一轮城墙修筑
工程浩繁　从北宋到南宋
一百年城墙修筑史　在千年的
维护与守望中　见证奇观

慢步城墙根下，寿县古城
史诗般镌刻着古人牢不可破的
坚守和信念　一段又一段沧桑
故事　一个又一个原封朝代
像淮河之水波涛起伏浪花飞溅
像漫天雪花随风起舞扣人心弦

# 钓鱼城

钓鱼城　屹立于钓鱼山上

小小的钓鱼城啊　你有

那么多奇迹和传说　令人

诧异　你是创造中外战争史

奇迹的军事要塞　更是影响

世界中古历史的英雄名城

曾经　在漫长的岁月里

你面对的　是当时世界上

最强的军事力量：蒙、元

精锐之师　你以视死如归的

勇猛　缓解了欧亚战祸

护国门是八座城门中

规模最大的一道雄关

北倚峭壁　南临悬崖

在一棵棵斑驳的古榕树下

沿着栈道拾级而上　触摸

八百多年前开凿的　那些

石穴、冰冷的峭壁　似乎

依然留存当年军民浴血奋战的

余温　似乎还能听见呼呼作响的

战火　和叩击悬崖的夜风

# 林间书屋

金灿灿的夏日阳光里　万物

加快了生长速度　迎着光

所有的树木升向更高的天空

连同蝉　嘹亮的歌声

在风的浪花里此起彼伏

仿若清脆悠扬的笛声　飘入

四合院内　反复回旋、升腾

阅书房置身于浩荡的林涛中

与四季花海融为一体　远离尘嚣

坐拥　一坐城市碧翠的浪漫情怀

青砖灰瓦　构造出四合院原本的

色调　庭院俨然、古朴而敞亮

雨季来临的时候　鲜活的气息

落注的雨水与斜下的光线

顺延四周檐廊　涌入其间

时光归隐　魏晋之风穿越千年

绿意袅袅缠绕飞云　无拘无束

梳理庸常岁月里的琐碎

留下时光里的轻浅美好

在抬眸间温润、在低眉处悄然


阅览室　恰似一幅熟悉的画面

如同被还原的某种昔日的风景

一册书籍捧读手中　光线正好

摇曳间　树影朦胧、竹林澹泊

仍然能感受到那些欢快的鸟儿

在庭院里飞进飞出　肆意翩跹

轻捷的身影滑过日光的波纹

认真的弱带微笑的读者脸上

展示着书籍的厚重、智慧的集结

产生　阅读的愉悦和共鸣

淡化和稀释一些放纵的沉沦

逐渐丰满灵魂的葱郁与轩昂


走进林间书屋　在一脉书香中

品味诗意的红尘烟火　品味

岁月的细水流长　繁忙的日子

终将绾结成一个静水深流的梦

莲花一般荡漾在碧波中　香远益清

# 春秋淹城

春秋淹城　若隐若现

在两千五百多年的时光里

像一团浓得化不开的迷雾

曾经的荒凉寂静的沼泽地带

何来一座层层保护的城池？


远古的智慧　精深且直白

从里向外　子城、子城河

内城、内城河，外城、外城河

三城三河相套　创下我国

古城遗址中绝无仅有的孤本

谁能想到　那只

朝朝暮暮穿梭于古城池

迎来送往的最大的独木舟

是整段楠木经斧凿、火烤

精制而成　漫长岁月的洗礼

如今荣获"天下第一舟"之美誉


时光荏苒　风月无边

定要理清淹城的来龙去脉吗

这出土的造型各异的文物

这里那里到处都是的陶罐

缸、瓮、钵和铜编钟、铜鼎等

无不展现出　远古的人们

悍然面对周遭世界的勇气

无论野兽、战争

还是自然灾害的频繁发生

# 西部之巅

又是日出时分　可是在重庆看日出

分明是一份奢望　不愧是雾都

登上会仙楼　站在离地320米的

西部之巅　鸟瞰城市风景

一切都沉浸在青色缥缈的雾中

如同仙境　大自然这位可爱慈祥的

保姆　让渝中半岛像一朵出水芙蓉

潇洒、惬意在长江、嘉陵江那柔软

温暖的臂弯里　饱享仙境的曼妙与涟漪

尽管眼前林立的高楼覆盖了

古老山城的每一寸土地

耳畔　仿佛听到古老山林的涛声

听到川江号子　依然

在沿着嘉陵江、长江声声呐喊

# 魔幻之城

在重庆爬坡上坎近半月了

可不可以　大胆说一句

我对这座城市有所了解呢

朋友　千万别碰触

这个令人费解的话题

即便是回到我热爱的故乡

我也说不清　在那些

云里来雾里去的日子里

挤在人群熙攘的街市

我到底是在地上漫步

还是在地下穿梭的魔幻之城

在这里　处处耸立的摩天大楼

和青石古街、吊脚楼错落并存

也有棒棒军肩上油光发亮的竹棒

麻绳与摩登女郎妖娆的身姿相互媲美

有李子坝轻轨穿楼越岭

也有洪崖洞灯火辉煌

看山看水看重庆　看这座

古老而又年轻的魔幻之城

正以昂扬的姿态迅速崛起

# 天一阁

今晚的月亮分外圆

这近乎中秋佳节的明月

高悬天庭　地面上的山石、树木

楼台　纷纷投下浓淡分明的影子

天一阁徜徉在明澈的月光中

那些层层堆砌的假山

好像珊瑚的岩礁湿润而光泽闪亮

而那间间青砖灰瓦古朴建筑

则附着四百多年的凄风苦雨

在明亮的月光里　凝结成

一块艰难而又悲怆的文化丰碑

天一阁　我今天上午来过的

那是在灿烂的阳光照耀下

放慢脚步　一间间一处处

凝视、探索这一片静穆园林

庄严的景象牵动着我的思绪

无法停止的心灵思索

夜晚　月亮柔美的清辉

又来惊扰我深沉的幽思

轻轻掀开视界一角　我快步

以接近奔跑的速度　在幽冥

而壮丽的夜色里，再次奔向天一阁


月亮仍在靛青的苍穹浮游

范钦的雕像沐浴在月光中

目光依旧敏锐　这是怎样的

一位智者？颠簸九州的

官位　却把衙堂威仪、朝野

声誉看得那样轻　而那

小心翼翼翻动薄脆书页的声音

比开道的鸣锣和吆喝都要响亮

夜深沉　仿佛有游走差役忙碌地

把搜集来的几册旧书递到您手中

于是　那严肃的脸上浮现出温和的微笑

那是您心灵深处最为深沉的愉悦

您超越时空的意志力是那样刚毅

让天一阁任凭数百年风雨侵袭

仍然　岿然独存演绎传奇

# 清越宋韵

我的故乡已是冰天雪地了

而宁波　却以26℃高温

迎接远近来访的客人

午后的阳光洒满灵山之上

半山腰流出的一带碧水

那是灵龙泉呢　满山的枫叶红了

保国寺　这座古建筑博物馆

清晰地掩映在色彩斑斓的林木中


走进保国寺　俯仰之间

一抹宋韵便如画般铺展开来

细致入微的木质描绘

华美、宏丽　绰约多姿

完全超脱硬生生的力量支撑

以活生生的灵魂与时代对话

你看那一根根大大小小的木材

劲道地　咬合在一起紧紧抱团

繁密而精致的架构　那穹隆状

大木斗拱并饰以花纹、雕刻

彩画的藻井悬扣于屋顶　巧妙

精致的结构产生的韵律之美

呈现出树木醇和优雅的原真性


藻井之水天上来

多么高超的技艺　刚柔相济

让寂静的寺内处处闪耀着

伟大创造时代的民智觉醒

和人本理念盛行的人文之光

不愧为江南"第一木构建筑"

跨越时空的艺术瑰宝

何其有幸　在这多雨潮湿的南方

还能触摸到千年前古人的匠心和巧思

在林花谢了春红　太匆匆的光阴岁月里

还拥有　一眼千年的眼福

# 云　岭

如果　选择一个景点

到达目的地的时间

又与出发时的初衷一致

那么　云岭

自然是相会在秋季

这逐渐消退青葱酸涩

日渐成熟甜蜜的季节最佳吧

越野车满披晨露、朝阳的辉焰

闪闪地　像一阵炫彩的和风

静静穿行在群山之间　云岭

古朴悠远的静谧弥漫开来

青山有思　茂林修竹沙沙作响
恰似明月清风同坐　恬淡安静

蓝天下　成熟的稻田一片金黄
群山嶙峋、高朗而清幽
涓涓细流因枯涸见石尤为清冽
漫步于蜿蜒曲折的溪水岸边
抑或在展厅内细看一张张照片
追忆似水流年　叩问莽莽苍天
同室操戈、相煎何急　泪光里
曾经的枪林弹雨见证历史的斑驳
青山绿水之间　回荡着
一首首不屈不挠的壮烈悲歌

阵阵秋风吹拂　我迷蒙的双眼
看远山红叶飘荡　伴随
先烈从远光中走来　一身晴朗
笑声依旧　似乎有好多话要讲
那些　朱红色的乌桕叶、枫叶
相互碰撞、旋转　随风起舞
像极了我们的心

在若即若离之间　彼此相吸

多少风雨多少奇迹留在我们的记忆

多少血泪多少辛酸已化作满天星

理想和梦幻已插上腾飞双翼

血染的山河更加壮丽

静静的云岭松柏常青

# 茶园春色

当我陷入故乡松寨茶园

置身于绿色荡漾之波心

沉醉是必然的，恍如梦

早春的阳光　锦缎般斜披在山野之上

是那样温暖　抚慰我和身边万物的心

山里的各种鸟雀扇动翅膀

羽毛光泽鲜亮　灰褐、洁白、翠绿

碧蓝　色彩纷呈　在茶园里起起落落

飘忽不定　叽叽喳喳唱着欢乐的歌

茶园　在静寂里升起紫烟

重重叠叠之间　绿色铺成起伏连绵的

山窝　间杂寂静林中闲开的花朵

一棵茶树、一片茶园　好像

总是固执己见、一意孤行　千百年来

似乎在哪个山坡落了脚就不再挪移

守着头顶的一片天、一弯月、一片云

守着脚下的一座山、一弯水不放

沉默着、窃喜着　稳稳当当坐实在那里

像极了一头敦实的老黄牛

诚实地耕耘脚下的土地


浪漫温情的是茶叶　茶农

精湛的手艺制作出的茶叶

并没有选择落叶归根的宿命

一片片远走高飞　像一群

青葱傲慢的青春美少女

走得干脆　决绝　头也不回

从远古时代开始

沿着狭窄、陡峭的茶马古道

沿着黄沙弥漫的古丝绸之路

驼铃声脆　漂洋过海

长途跋涉在所不辞　最终

曼妙的青春　舒展、婀娜在世界各地

不同肤色、男女老少的茶杯里

色泽清亮、甘醇馥郁、蕙质兰心

# 段园葡萄

此刻　站在凛冽的风中
目睹　这一幅旷远清净的
葡萄园　镶嵌在季节深处
所有的果实已经采摘完毕
叶子也荡然无存　只剩下
黄褐色　虬曲苍老的枝干
袒露风中　在日渐坚硬的
大地挥毫泼墨　枝枝蔓蔓
之上　处处点染着
淮北人民的智慧和汗滴

耳畔除了风声再无一丝嘈杂

宁静无价　我愿意长久地

置身于寂静园中眺望远方

仿佛　看见炽热的阳光透过

金色的叶片　照耀在碧绿色

紫红色的葡萄上闪烁光芒

一串串葡萄重重地　垂在

青绿色的藤蔓下面散发清香


依然　能感受到初秋季节里

从四面八方赶来段园的客人

共品第一缕果香的狂欢场面

真切地感受到了勤劳善良的

淮北人民　与太阳和风雨同盟

在传播葡萄文化里深耕细作

让曾经荒芜贫瘠的大地

变得美丽富饶果实盈盈

# 南山秋韵

从身边这棵拥有一千四百余年

树龄的"唐槐"起身　沿着

环山公路到长寿亭、抱元洞

登高望远　这世界忽然简单

明媚的阳光斜披在山坡上

我们的影子　混杂在树丛

药草之中变得芬芳和清新


南山并不高耸、陡险

她在一马平川　辽阔的皖北平原上

奉献出一份稀缺的优雅　比山更高的

是千古流传的：高山流水遇知音


爽气氤氲的九九艳阳天

阳光的滤镜下　一切所遇

仿佛神的赐物　长寿

也许从来没有秘方　恰如

传说中的三足金乌人们从未见过一样

所有的故事和传说　无不是

淮北人民对美好生活的向往

# 醉过知酒浓

当清冽的琼浆如山间溪流

潺潺流淌　多么像漫长岁月

在淡青色雾霭中现出的一幅幻象

那是内心充满烈焰的高粱、小麦、大麦

豌豆从固体转化为液体的优雅转身

一个崭新骄傲的灵魂　以澄澈

冷艳的姿态高调出场　带着

五谷杂粮芬芳的香味　和幽密

而又不动声色的火的高蹈


正是因为这幽密而又不动声色的

火的高蹈　让世人迷醉

谁没有过　那么高涨激昂的时刻

或者受着心中的狂念和疑虑的驱使

无论男女　即使没有举杯畅饮

也有过强烈的一醉方休的快意和念想


此刻　行走在口子东山产业园区

从一个车间到另一个车间

从制曲、酿酒到储存　我们的

好奇心和酿酒师沉稳熟练的操作

都与那清亮的口子酒融为一体

密封进精致的酒瓶中

醉过知酒浓　那是

岁月沉淀后甘醇的味道

不掺杂一丝半点的虚假成分

# 龙脊天路

从梧桐村启程　踏上这条

弯曲的一眼望不到头的山路

这便是逶迤多姿的皖北川藏线

沿途的景色　那些覆盖在山坡

沟壑之上的树木、杂草

纷纷将常年隐秘的心思

展示在金色的阳光中


从杜集梧桐村到烈山黄营村

从南庄野杏林到明清石榴园

那些光泽鲜艳、颗粒饱满的

果实悬挂枝头　无不骄傲地

宣告自主的生命优雅而自在

那些色彩斑斓的叶子多么像

古人绣花的彩袖　迎风招展

呵！那是植物从心灵深处

发出的微笑　那是大地长久地

珍藏内心滔滔不绝的密语


皖北川藏线　又名龙脊天路

全长不过89公里　像一条

金色绸带将沿途珍珠般散落的

景点一线牵起　大自然以朴素

真实的面貌　彰显出雨露曾经

对土地的嘱咐　那是姹紫嫣红的

春天满怀的心愿　在金秋大地上

伴随着飞鸟激情鸣唱的旋律

热烈而又肆意地舞蹈

# 半边街

崭新宽阔的玉兰大道

从我家门前走过　一次次

带我沿着路边灿烂的花朵

穿过半边街　登高而上

领略蜀山风光　阳光下

每一片叶子都是金色的

通亮透明、脉络清晰

蜀山的风不含杂质　涛声

和着百鸟清亮的歌喉

同唱着一支欢快的曲子

草木蓊郁　碧翠的云烟飘荡

倾泻而下　山脚下的半边街

就在这浩荡的云烟里展开双翼

承接和托举　一山风情


蜀山　每一个晴朗的日子

欢快而甜美　我喜欢

在这样的清晨　登上山顶

眺望四周城市清晰的轮廓

遍地的花朵和绿树

让城市　折射出金色的光芒

为那些被无情的时光

打碎的浪漫记忆、陈旧往事

添上了一丝明媚、一丝温情

拓宽我胸怀的辽阔　陶然闲适


我喜欢站在蜀山之巅

眺望晨曦中的开福寺

在冉冉升起的太阳照耀下

金碧辉煌的气势　雄浑明亮

和古老的庐州城一样　穿越

时空　静谧地沉睡在时光里

承载岁月的沧桑　　默默守望

庐州城的前世今生　　不离不弃


我也喜欢转身　　走向蜀山北侧

俯瞰那迷人的波光潋滟

那荷花曲廊、游船码头

还有各具民族风情的民俗村

在四季轮回的歌声里

把一串串不甘沉沦的往事

曾经的令人怦然心动　　旺盛

跳跃的美丽时光　　一一再现


半边街　　人来人往川流不息

像天上一弯沉静的新月

明亮而优雅在时光的河流之上

与蜀山相互映衬融为一体

甘愿年年月月展开双翼

承接和托举　　一山风情

# 罍　街

夕阳晕染下的罍街

像远古的一场清幽的梦

汉唐之风　和煦地绕过山脊

穿街而过　飞檐走翘

青砖灰瓦　立体的勾画

设色在繁华闹市之间

灯火里的合肥　独立风尘


走　今晚到罍街炸罍子去

早已成为一句洒脱的代言

藏不住的一丝喜悦

一丝激情和放松　囊括其中

酒　一杯浓烈而又说不清

道不明　颇具争议的酒啊

误了多少事　又成就了多少事

苦酒也好　闷酒也罢

人世间　喜怒哀乐得失成败

似乎都离不开一杯烈酒壮行、助力


灯火阑珊处　映照出各种姿势

和倩影　人流涌动　间杂

染有五颜六色头发的俊男靓女

天真烂漫的儿童接踵而来

面目慈祥的长者端坐期间

酒酣耳热之际　赤着臂膀

翘起膝盖　嬉笑怒骂

一串串酒话疯话、傻话笑话

尽在杯酒之间　酣畅淋漓


热闹　是罍街最常见的景象

当然　到罍街来的人也不全是

来炸个罍子一饮为快　比如我

常常　会挑选一个晴好的日子

就像今天　款款走进这扇时光之门

轻轻触摸、慢慢感受

城市文脉的温热和跳动

罍街　这扇时光之门穿越古今

门里门外　皆是庐州古城持续生长的足迹

# 合柴·1972

在这个晴好的早晨

朝霞映红了半边天

合柴　像一片祥云

停泊在霞光中　不知道

是清凉的风牵引着我

向这片崭新的园地奔去

还是　合柴　这朵祥云

轻盈地向我飘荡而来

我自然是有些说不清楚的

只知道　当我漫步在园区的

晴岚中　已经开始　用灵魂

记下这些旧时光里的旧物件

和旧物件里储存的温暖记忆


从前的时光　自然是有些慢

但每一件朴实的产品

也有过曾经的辉煌

也创造过全国第一　世界第一

这些单纯的闪光的荣耀

在这里　我们感受到了

1957年烧制的第一块砖的温度

也感受到了1972年第一台

1105型号柴油机试验成功的喜悦

更感受到了黄山牌系列产品

不负众望　肩负着时代的重任

果敢地扛起了自己的经幡


走进合柴　当然　绕不开

那一陡灰色高墙　铁丝缠绕

那是合肥监狱的旧时光

构成强大的视觉冲击力

阳光斑斓　葱绿茂盛的爬墙虎

见证了岁月沧桑　这里

曾经让泅渡的灵魂战栗、沮丧

也让他们在不断改造中重获新生

舍弃过去　眺望窗外

将期待拉长再拉长


往日陈旧的时光　握紧了岁月

那些黑白电视机、老火车

老缝纫机　还有老电影等等

一些有限的老物件老声响

温暖了家园　直抵人心

时代的步伐始终向前

往日激情燃烧的岁月

点点滴滴斑驳记忆　在不断

创新中——复活　涅槃重生

合柴　崭新的面貌

融文化、艺术于一体

枝繁叶茂　源于根

承载了深厚的工业记忆

保留了历史真实的印迹　展现出

不动声色的辽阔与旷远　拨动人心

# 簧　街

真的不是碰巧　来到簧街

遇上这样的天气　风飞雨漫

青灰色的天幕下　雨水

飞溅在流畅的瓦当上汇成细流

像一帘又一帘瀑布　悬挂在

斑斓而驳杂的屋檐上

颇为醒目　不经意间

将簧街置身于烟雨朦胧的仙境中

我当然喜欢选择这样的天气

神仙一般　来领略簧街梦幻般的

妙处与超然　于一往情深里

回头一望　庐州古城的沧桑岁月


古老磨店　树木、河流

湖泊　组成完整的园林家族

繁花绽放　枝叶纷披

一条温润的水街　蜿蜒盘旋在晨曦中

流水潺潺充满思忆　闪耀着

无尽的温馨、浪漫、希望和张力

像一束光　点亮黉街

青春的身影和开阔的胸襟


曲径通幽　那些经历岁月的古墙灰瓦

在风雨浸润中的无惧和坦然

成就无声的尊严　黉街

当然是培养莘莘学子的大书院

一脉书香拧紧岁月的琴弦

打磨璞玉一般　让一颗颗年轻的心

逐渐脱离懵懂　不断走向明智和成熟


随手推开一扇斑驳古旧的木门

那些老物件　方桌、长条木凳

簸箕、木桶、蓑衣、水壶等等

满目皆是结实而拙朴的真

似乎　往日的色彩从未消失

只是存封良久　一个故事

一种心境　在不同年代里

产生相同的共鸣　带来

情感的猛烈碰撞、火光闪烁


不难看出　黉街的行囊里

不仅装满了前行的使命

也装满了家传的宝典

那一面锻铜浮雕墙上

描绘着应天府书院、岳麓书院

白鹿洞书院与嵩阳书院

闪耀着文明和思想的火花

那些地地道道的特色小吃

吴山贡鹅、庄墓圆子、下塘烧饼

都是家乡的味道　挡不住的诱惑

撩动吃货们的味蕾　难以抗拒


盛世情怀　着力将那些消失

或几近消失的历史痕迹

使之重现繁茂　簧街崭新地

将中华民族古老的情感和愿望

与新时代的神圣梦想

完美融合在一起　古色古香里

深刻的内涵和非凡的意义

赋予它无穷的魅力　让磨店

这块古老的土地　在新时代的

洪流里　风生水起、熠熠生辉

# 生命的起源

那些远古生物　在凝固的

晶莹剔透的化石里　复活

有如天上的繁星　持久地

闪耀光芒　不断演绎古生物的

前世今生　神秘而通透的

淮南虫　地球上动物的鼻祖

让我第一次充满了对八亿年前

世界的探索、思考和深深的爱


山林茂密　树种高大且繁多

寒流入境　冬天苍茫山林里

积聚的落叶像散不开的浓云

柔软而厚实　似熟睡的婴儿

沉沉地依偎在母亲的怀抱中

在一棵粗壮古木下驻足遥望

不由得在天然次生林中落泪

泪珠敲打着黄色焦脆的落叶


这湖水这山林这岩石　默默

刻录生命之初的幽音与寂静

萌动与震颤　这孕育生命的

宫廷　在那遥远的八亿年前

人类尚未产生的旷远光景里

太阳的光辉是不是更加明澈

夜晚的繁星是不是更加明亮

大地的寒冷又是怎样的彻骨


八公山　地球生命的起源地

丰富的生物化石所蕴含的

古地理、古地磁和古构造信息

是揭示众多地质谜团的钥匙

毫不含糊地将后生物的起源历史

提前了两亿年　了然顿悟

揭开生命起源的奥秘

从来不是所谓了不起的物种

而是大地上卑微的生灵

# 大雪封山

大雪封山　鹅毛大雪以飘扬的

姿态　守住山林的庄严和韵致

以整饬的面貌剔除践踏的痕迹

微风里　八公山上落尽树叶的乔木

玉枝婷婷　从远古时代就坐落于山坡

布满裂纹的褐色石林　披上了厚厚的

洁白色的长披风　温婉而富贵

恰似那美丽的金陵十二钗婀娜多姿


天风清新，鸟鸣山静　此刻

八公山是幸运儿聚会的地方

那些欢快的鸟儿甜美的歌喉

轻灵的翅膀充分展示羽族的天赋

每一只鸟雀都是导演

把整座山林当作自己的领土

狂欢在自己的歌舞升平之中

不让一棵树感到孤独

不让一棵草感到寂寞

更不让每一寸土地感到心寒

立春　这一场纷纷扬扬的雪

让八公山成为名副其实的仙境

# 自然之门

在春光明媚的早晨　穿越

南澳大桥　宽广的水域

明显地将海水和淡水分开

蔚蓝的海面漾起一条分界线

似微风在水平如镜的大海上

掀起云雾造成视觉变幻离奇


海洋　总是在不断赞美奇迹

纵然是傍晚　也让人们睁开

探索的眼睛寻找　快乐的发现

青澳湾　巉岩峭壁沙滩纯净

海风阵阵　碧波托起的白浪

碰撞出"七礁缠星"的佳景


这一条北回归线横穿南澳岛

清晰地为四季运行解开谜底

春分、夏至、秋分、冬至

年复一年周而复始　以不变的

规律为人们打开自然之门

地球上热带和温带相携而行


海浪涌起　大海在不断地呼唤

南澳岛海面辽阔　洁净的空气

时刻吸引人们来体验海阔天空

这里森林和烟霞一同飘摇

这里碧水和蓝天交相辉映

这里　是传说中的东方夏威夷

# 广济桥

初春的黎明　群山装扮一新

山前岭后的树木与缥缈的山岚

倾泻于宽阔的水雾迷蒙的韩江

这一片甘美温馨、祥和而静谧


那从韩江两岸分别伸入江心的

楼阁一般的二十四个桥墩之间

十八艘梭船相连　陡然嵌入一段幻境

这是桥吗？多么浪漫神奇的创意


是的！这就是南宋时期建造的

集梁桥、浮桥、拱桥于一体的
梦幻般的广济桥　独特的造型
是中国桥梁建筑史上独有的孤例

仙佛造桥　传说中美丽的何仙姑
自然是没有看见　而她抛洒的
宝莲花化作梭船　还有广济和尚
将手中的禅杖化成一根大长藤
合力建成这段浮桥的神奇传说
依然在滔滔的韩江水中悠悠回荡

无论仙佛造桥的传说多么神奇
我坚信是先民的智慧和热血
铸就这世界上最早的启闭式桥梁
先民的聪慧和匠心　热血和汗水
在恶风险浪中尽显风采

# 舜耕山

和舜耕山坡缓平实的地貌一样
山上稠密的各种树木　似乎都
耐着性子　缓缓地返青、发芽
开花　仍然保持着应有的迟缓

春天的脚步依然是不变的节拍
春风穿行于舜耕山进进出出之间
春雨来来回回地打湿青山服饰
枝上刚放出的几朵梨花如玉钗

舜耕山似乎不纯属于观光旅游

古老的传说牵引着时人的思绪

耕地种粮、挖井制陶、狩猎捕鱼

像一段生动的情景剧演绎遥远的炊烟


云烟缭绕　绵延起伏的舜耕山

拥有静默的铁的神秘

走在芳香的味道里

仿佛那一头憨厚的耕牛　依然

在舜帝的牵制下　不断地将泥土翻新

# 夔 门

大道至简　站在三峡之巅

俯瞰瞿塘峡　两岸如削群峰高耸

浩瀚长江在夔门收紧了腰身

滔滔江水于悬崖绝壁间汹涌而过


数千万年前的地壳运动引起的

一系列的抬升、断裂、深切、袭夺

大地撕心裂肺的创伤与疼痛

在漫长岁月里　已经痊愈


三峡已雕琢出自己想要的模样

山高水远　铺陈得如此锦绣

峡谷幽深　云雾缭绕

充溢于心的平静与和谐

在一江春水向东流中抵达圆满

# 白帝城

也许宇宙间所有的瞬息万变

都经过深思熟虑

也许所有的高山大河的邂逅

都事先有约　白帝城

坐落于长江北岸瞿塘峡口

在川流不息　具有遗忘的

浩渺江水中　诗意栖居

承载山河无涯的空灵与永恒


深信　苦难是一切美好的源头

如同云雾缭绕的美丽群峰

来自山崩地裂

灿烂辉煌的唐诗宋词

来自远古的人们茫然无措

苦苦追寻　他们忧郁或悲愤

希望或绝望地上下求索

逆流而上或顺流而下

在蟒绿的波涛间不自主地浮沉


和长江一样

也许都是接受命运的驱策

无论是启程还是归来

无论是奔向希望还是幻灭

他们驻足险要关口，登高望远

这耸峙，这激流，这无边落木

这不可摇撼的神奇与威严

早已化作千古绝唱

将白帝城铸筑成诗歌的故园

# 朝天门

不止一次　在这样晴好的早晨

我甘愿一路三弯九转

爬坡上坎　徒步至朝天门

只为看两江之水汇合　缓泛起

一条悠长的清浊分明的界线

那样清晰　我常常为之凝神许久


在这里　嘉陵江像一位远行的客人

终于扑进家门　一江碧水

满载北方的雄浑　南方的幽秀

由北向南　垂直穿越秦岭淮河

命运从来不会给谁明晰的路径

至于江河　不也是一样吗

嘉陵江一路依山就势　经之营之

苦苦周旋于争与随之间

这条长江之上最大的支流

百折不回　唯一的心愿

投入母亲的怀抱　奔向大海

# 十八梯

在江水奔流不息的风吹浪涌里

渝中半岛　是这样陡峭、寂静的存在

高耸入云　在金秋的艳阳里

更加垂直地倒映于粼粼波光中

依稀可辨　层层梯坎

像一帘凝固的瀑布纷披而下

与宽阔的两江四岸融为一体


这从江岸到山顶　开凿的

级级石阶　拐弯抹角蜿蜒而上

处处镌刻着平静、持久的韧性

尽管饱经战争和摧毁　压迫和死亡

为了心中的渴望　千百年来

山城人民一刀一斧苦苦攀登　从未屈服


你知道吗？如今的十八梯　享有

"与城市齐名八百年"的建成历史

是创造重庆"母城文化"的发源地

一丝古韵　流淌在现代化大都市文明中

轻轻诉说　古老山城曾经的过往烟云

# 惜别朔西湖

当我们离开朔西湖的时候

正是夕阳西下的时刻　西天的

云影　以及鲜红色的太阳

一起倒映水中　满湖流金

营造出天地间蔚为壮观的美丽画卷


深情的朔西湖　和淮北人民一样

仿佛要倾尽季节深处最后的暖意

赶在西伯利亚寒流到来之前

送给从四面八方远来的客人

朔西湖　是荡漾在皖北平原上的

一片灌木丛生绿意盎然的生态空间

这里以水源涵养、生态保护为主

营造水系贯通　堤、岛结合

湿地、浅滩交错环绕的自然景观

营造鸟类、两栖类、爬行类等

生物栖息地　不断厚植

高质量发展的绿金底色


芳草萋萋　竹木摇曳、雁叫声声

一湖碧水　收尽

塌陷区愈来愈深的大地裂痕

和日渐倾斜、倒塌的院落房舍

片片乡愁　随飞扬的芦花荡入湖心

深渊之上　光芒闪烁

那是矿灯和矿工的汗水熠熠生辉

那是人世间　永不磨灭的记忆

# 烟雨墩

江南雨　随性而下

或大雨倾盆　或细雨潇潇

连月不开　在雨中透过夜的帷幕

遥看　烟雨墩独立在

湖水泛起的清凉的涟漪中

那一份不被尘世打扰的纯粹

纹丝不动在苍茫夜色里


霓虹闪烁　照亮湖畔

繁忙的商业街上的人们

精心经营岁月里的烟火人生

一泓碧水　将烟雨墩

从滚滚红尘中剥离开来

且滤去那些无关紧要的杂音

专注于　一脉书香的传承


千年前的那一份心境还在

素月分辉　明河共影

表里俱澄澈　仍然深藏于

镜湖的碧波中　从未消失

这超越时空的孤独与坚韧

与生长在这里的苍劲古木

蔓延开来的浓稠绿意　低声

讲述着　烟雨墩颠簸的过往

以及　遥远的佳话和传奇

# 华阳洞

与生俱来的黑暗充盈其间

既深且远　似乎与星星

月亮、太阳及蓝天白云绝交

目空世界那么多事物精彩纷呈

专修自身存在的一片隐秘空间


幽深的洞壁怪石嶙峋　那是

沧海桑田刹那间留下的

山崩地裂的痕迹　带着

漫长岁月打磨出来的温柔的

幽默的　隐隐的微笑

洞顶　密集的钟乳石倒垂

披挂长藤如发　石罅流泉淙淙可闻

洞中有洞　洞里有河、洞洞相通

在无光的空间里很难分辨梦幻和真实

即使用手指触碰潮湿冰冷的水晶石或太湖石


与一个人的些许遗憾相关

从青年时期开始　华阳洞

就悄悄地　幽居心头

它催促、压迫着我来探个究竟

哪怕一无所获　空空如也

# 褒禅山

站在山巅　亦是站在夏的深处

炽热的阳光掀开山林神秘的面纱

鳌鱼岭、灵芝山、碗儿岭、起云峰

绵延起伏、清晰如画　森林里

数不清的千年古树异木　见缝插针

从奇形怪状的太湖石的空洞、缝隙里钻出来

石树互抱、彼此缠绕　包括那些飞鸟

和闲开的野花　无一不是

洒脱、坦荡在微醺的热风中

振奋生命的韧性和张力

松涛阵阵　掀起重重绿波

覆盖一切　很难看出山腹里

暗藏了那么多蜿蜒曲折的洞穴

比如华阳洞、罗汉洞、龙洞

而袭女泉、白龟泉又终年不竭

甘甜清冽　不可思议的

褒山三百六十井　钻入大山深处

感受群山偶有发生的种种不测和阵痛


沧海桑田　从大海抬升到陆地

又从陆地沉陷入海底　在亿万年的

时光里浮沉起落　不变的是自身的

朴素和幽静　远离喧嚣的虚荣

慈悲为怀　曾经的波涛汹涌、山崩地裂

一次次留下的毁灭与绝望

在漫长岁月里不断修复和遗忘

每一个日出日落月圆月缺里

都在辽阔匀净的青绿中

不停书写心路历程　漫山滴翠

点点凝成四个字　悲欣交集

# 凌家滩

远古的城市犹似一阵旋风卷走

没有片言只字的记录　只留下

泥土深处的残迹　让世人

不断地去探究史前文化的奥秘


所有的利器　不过是石斧

石锛、石钻、石铲等一系列

用石头磨制的工具　粗粝

简陋　却创造出冶炼、纺织

养殖、畜牧、建筑神话般传奇

这一个个残缺不全的陶罐上

注入了多少先民　在原始的

生活环境中触发出的灵感

这凌乱的碎片上　又暗藏了

多少　无法解开的蓝色梦幻


我知道　无论怎样去追溯

那遥远而谦卑的新石器时代

是如何创造的城市的热闹与繁华

它永远都是一团雾　扑朔迷离

但我相信　祖先的勤劳和智慧

碧玉一般　永恒在人们的心中

# 矾　都

关于矾的故事　有历史悠久

到无法追溯的太多表达

就算是西周时期　古人开始

揭开它隐隐约约的面纱吧

它便拥有了那些神秘而古怪

浪漫又温馨的名字　石涅

涅石、羽涅　直至明矾、白矾

它的用途与传说始终交缠不休


曾经　这里开山、采石

煅烧　萃取结晶体

储量丰富　暗含了庐江

矾矿的崛起和中华矾业砥柱

安徽化工之母、千年矾都的

意义及荣誉　巉岩石壁上

密密刻满了千百年采掘的痕迹


人类的智慧不断推动时代的进步

当新能源的开发利用不断替代

原始的开采与挖掘　昔日的

矾矿　也渐渐恢复

绿水青山的本来面貌


那些从矿石残渣里生出的树苗

芳草、竹林　在微风里摇曳

在雨水里歌唱

在阳光下开花结果

在薄暮或金色的晨曦里

频频向世人点头低语

那是山林在人间领略幸福的模样

带着浅浅的伤感　漫山碧翠

是怎样在时光里层层剥落

又是怎样步上群山　愁眉展开

凝结在心头的焦虑渐渐宁息

# 玄武湖

秋天的风，从往事深处吹来

浑阔的湖面　仿佛

依然泛起先秦时期　被称为

秣陵湖、蒋陵湖的波纹


多少前尘往事

在似水流年里低吟浅唱

环洲烟柳　依然诉说着

六朝古都　那封闭和独占式的

皇家园林　在烟雨江南

独一无二的显赫和霸气

红尘陌上　徒留秋殇满地

昔日的皇家禁地　戒备森严

终归被雨打风吹去　玄武湖

这颗金陵明珠　早已

转为开放式的人民公园

在自由进出间领略五洲秀色

看苍松、翠柏、淡竹随风摇曳

赏月季、秋菊、桂花芳香四溢

落日余晖　酡红如醉

一湖碧水如绸缎滑过肌肤

渗透万物斑斓沉静的底色

第三辑　午夜繁星

# 今夜　月华如练

今夜月华如练　八百里皖江

沉浸在淡淡岚烟缠绕的夜色里

瑟瑟秋风推波助澜　浪花似雪

我带着隐藏多年的心愿

登采石矶踏捉月台　尽管

千年前所有的痕迹都已湮灭

所有的猜想和传说都已锈蚀不堪

仍然要捧着我细碎而散落的心事

在十五的月色里　在微凉的秋风中

与你相对而坐　月色清亮

照见我们的双眼泪光闪烁

今夜　在长江第一矶赏月

请不要说　是纯粹的仪式感

多少年来　一颗赤诚的心

总是在你的诗歌里穿行

我喜欢在霞光满天的清晨

看惊涛拍岸一泻千里的旷远

感受　两岸猿声啼不住

轻舟已过万重山的愉悦

也喜欢在日近黄昏的暮色中

遥望天门山脚下　那飘荡在

宽阔江面上的一叶孤舟

其中　仿佛有你的身影迎风而立


月光浩荡　总是令人不甘沉寂

况且　万竹坞的翠竹

层层覆盖　苗壮而挺拔

像是被你的诗句浸润过的模样

青翠、灵韵　千年前的你

是不是久久徘徊在林中　寻寻觅觅

纵然是所有的传说都经不住反复推敲

但我仍然相信那一头腾空而起的鲸

就是上帝派来的使节　带着你

扶摇直上仙境　我依然相信

夜空中那颗明亮的星

就是你长年俯视凡间

放射出的炯炯有神的目光


夜已深　我纷乱的思绪　仍然

想探索你纵身一跃的真正疼痛

所有的忧思不请自来

像这渐渐升起的江雾慢慢湮开

已然模糊的风景里　素笺斑驳

那是你一首又一首诗歌若蝶翩飞

这曾经让你豪情万丈的人世间

就这样　瞬间被你抛在身后

丢在眼底　无论世人怎样呼唤

落泪　都于事无补


秋风清　秋月明

落叶聚还散　寒鸦栖复惊

那生命花开的一朵青莲

在豪放、浪漫的诗句里穿越千年

在洁身自好里　寻找

遗世的纯净与安宁　始终相信

生命　留在梦田里永远不散场

如同这川流不息的江水

在每一个月华如练的夜晚

轻歌曼舞　润泽凡人心

# 一纸梨花千秋雪

暮色带走了夕阳　月亮

慢慢地升起　清亮柔和的光线

把曾短暂陷入黑暗的群山照亮

森林茂密层层覆盖　依稀可辨

一片片一簇簇高低起伏的青檀

四散在崇山峻岭之上松竹之间

涓涓细流　闪着细碎的银光

从各个不同的方向汇入青弋江

幽蓝色闪烁的光芒如梦似幻

浮现出千年前的那一棵青檀

没错　正是那一棵枯死的青檀

若不是刹那间忽然进入一个人的

视线　或者说硬是闯入

何以有那一眼千年的喜出望外

有谁知道　你一直在等待

等待　一双慧眼

你从青葱华年到须发斑白

你从挺拔苍翠到轰然倾倒在山涧

因为你是一棵树　一棵沉默

坚韧的　不会说话的青檀树

满腹心事　只有托付潺潺溪流

你倾尽一生都在等待一双慧眼啊


若不是心心念念　梦想

造一张雪白的纸为先生画像

那荡漾在溪边缕缕长而洁白的纤丝

怎能让孔丹欣喜若狂　如获至宝

若不是把毕生精力都付诸于

造一张好纸　缅怀先生蔡伦

孔丹的眼睛里　又怎么装得进

这山陬涧边残根败絮哭诉流年

这真的是偶然相见

还是前世有约　从生到死

你都在孔丹身旁不舍离去

这一眼洞察秋毫

这一眼泪光迷蒙　于是

这棵古老、枯萎、腐烂的青檀树

便在孔丹探索、发现

苦苦寻求的双眼里　起死回生


青檀　皖南山区特产的青檀

从此化作宣纸的主要原料

经过漫长的浸泡、蒸煮、漂白

打浆、贴烘等　十八道工序

还有　一百多道操作过程

历时一年多　方能制造出有韧力

泼墨性能好的宣纸　千百年来

凝结了多少劳动人民的智慧

辛劳的汗水在他们的脸上

开成珠花　而那瘦削的身躯

就像那一支支纹理直、骨节长的

苦竹　编制而成的竹帘

始终默默地反复捞起纸张


若不是心存雪意

又怎能发明创造出　如此

洁白柔软、光耀千秋的纸张

宛如丝绸卷起的一抹白月光

那些数不清的　远古的一幅图画

一首诗稿、一张文字就这样承载其中

铺展开来　清晰流畅、鲜活生动

这青檀、这碧水、这智慧

这洁白轻柔薄如蝉翼的宣纸

让古老的宣州大地愈发广阔深沉

处处闪耀着苍翠精致的灵魂之光

# 唯有牡丹真国色

朋友！和你一样

我们在众多的风景名胜徜徉过

沉醉于无尽的欢乐中流连忘返

可是　有一处极小的陋室

却在我童年的记忆中扎下了根

总想去触摸曾经的幽冷和伤痛

缅怀那位灵魂深处

四季开满鲜花结满果实的人


心情愉悦的时候　行程自然加速

目的地已到，曾经的陋室　已经

建设成人间乐园　苔痕犹在

和煦的阳光照耀下闪烁诗性的光辉

刘禹锡纪念馆　掩映在浓绿苍翠的树木

竹林之间　院内洁白的槐树花的香味

混合着香樟树醉人的芬芳

一群燕子聚集在空中

轻捷盘旋　那轻柔的呢喃

声声滑落林间　仿佛在吟唱

您那傲视忧患独立不移的气概


那正是您发自肺腑的声音

伴随着时代的步伐回响在天穹

任凭千年时光流逝　您并没有走远

和消失　一直幽居在人们的心中

你将排挤、孤立的境遇

寒冷、阴沉的过往——拾起

化作朵朵牡丹　精心地搭建一座桥

国色天香　哲人的睿智和

诗人的挚情　渗透其中


这座桥　这座开满牡丹花的桥梁

您渡自己　也渡他人

一首首风情俊爽、昂扬高举的诗歌

那是一盏灯的光芒　将那些跌落于

浊世的灵魂托起　超越苦难

在生命的长河中不断向前航行

# 黄昏，我在沙滩上写下你的名字

江心洲　舒展在低处

颇似婴儿的摇篮　任凭

湍急的江水摇荡、冲刷和堆积

终年不息　在深了又浅

浅了又深　常年变幻的水位中

那一片时大时小的绿洲　便是

花生、芝麻、棉花、芦苇的领地

它们也不挤兑荠菜、车前子

和巴根草　这些弱小的生命

沙地贫瘠　它们共同选择了

彼此面对、接纳和喜爱　并牢牢扎根

它们奔放的青春都在这里绽放

青碧的枝干上　忙碌地

打着朵儿开着花儿挂着果儿

或者羞涩地　把果实

悄悄埋进松软的沙地里默默生长


江水滔滔　两岸苍莽群山

在夕阳的余晖里　更显温婉沉静

它们的身影倒映在长江中

无限拉长　流水和江风

总不甘沉寂　仿佛是神的化身

在长江里挥毫泼墨　岩片层叠

塞满远古的絮语　似乎

隐约听见两岸猿声啼鸣

在一眼望不到边的辽远和壮阔里

仿佛有一个人在江水中劈波斩浪

浮出水面　又仿佛是从天而降

投身于滚滚波心　恍惚间

陷入凝视、沉思

良久　强忍的泪水

还是止不住滴落下来

我是用你创造的文字

记录了眼前迷人的景色


我用生长在江心洲上的

一截芦苇　俯身于地

模仿最接近原始的字体

甲骨文　绘画般一笔一画

在黄昏的暮色里

在夕阳晕染的金色沙滩上

笨拙地刻画出你的名字

仓颉　缅怀和祭奠

远古时代先民创造的文明

一个个象形文字灵动在脑海

与这江心洲上的绵绵绿意融为一体

化作冽冽甘泉　润泽心灵

# 古韵悠悠，青花瓷

纵然是在这肃穆幽深的博物馆

你静立在密不透风的玻璃橱窗内

仍然　跳荡着一束束火焰

一束束清清亮亮的蓝色火焰

那一朵远古的祥云　仍然

飘荡着先民对自由的美好向往

那一枚精致的小灯笼　仍然

摇荡在传统佳节里稚童的小手上

那一架瓜果　仍然

累累在风中　活色生香

在人类有意或无意的挖掘中

你一次次走出幽暗潮湿的墓穴

带着曾经的荣华　重见天日

那一朵牡丹依然鲜艳在篱边

那一枝杨柳依然在堤岸依依飘拂

那一夕斜阳依然停留在远山

闪耀在松涛阵阵、哗哗作响的

林叶间　做着先民悠远的梦


今晚的月亮像一颗硕大的宝石

一地月光　仿佛要把这一方曾经的

古窑　散落在周边的块块碎片拾起

饱蘸钴料、重塑坯胎

罩上一层透明釉之后

送入烈火中燃烧　当灵魂归来

月光中　你依然以整饬的姿态

焕发昔日的光芒　笼盖四野


在那遥远的大洋彼岸

那湿漉漉的海绵一样的沙滩上

常有那些金发碧眼　或者肤色黝黑

透亮的眼睛　射出奢望和侥幸的光

在日光里或者月光下做起贪婪的梦

幻想有朝一日　海浪从深水区

打捞起一件或大或小的青花瓷器

送至脚边伸手可及　青花瓷依旧光可鉴人

闪烁着古老年代的清辉


青花瓷　在岁月的长河里

在人类成长的秘史中

你安安静静地来

又安安静静地去　潮起潮落

你经历过碎裂、衰败、草草收场的阵痛

你也拥有过　生命里炉火纯青的五彩青花

那严谨、细致　不可逾越的高峰期

无论何时　你都像一朵茉莉花

一丝古韵　轻漾在芬芳大地上　源远流长

# 长亭外，岁月悠悠

生命的启程　总是从故乡开始

初春的早晨　浮云散开

你笃定在温润的阳光下　一条

清澈的河边　目送一个个青葱少年

在你的怀抱里　辞别亲人的热泪和叮咛

迈着弹跳一般的步伐　轻快地奔向远方

你慈祥的面容　像一朵盛开的莲，绽放古老霞光

前行的脚步山高水长　狂风又起

暴雨突然而至　四周的树木花草

在铺天盖地的雨水里晃动、飘摇

你安静地伫立在山与山之间，滂沱大雨中

你像一方孤岛端坐在茫茫大海中

为过往行人撑起一把伞　耐心等待天空放晴

默默聆听波涛吟唱　把薄暮般弥漫的悲切驱散


你在光阴岁月里　一站千年

无论是圆形方形、六角形、八角形

无论是单层、双层还是多层

无论是草亭、竹亭、鎏金瓦顶木亭

都是那样精致　巧雅在群山之间，河流之畔

悬崖之上、湖泊之心　沉淀千年的美步步升级


此刻　一弯明月高悬天庭

映照出你千年的陈旧与沧桑　不禁要问

那最初的一个闪念是在谁的脑海里浮现

那又是一位怎样虚怀若谷的智者　在浩瀚的

中华文化建筑史上　留下这块晶莹剔透的瑰宝


岁月更替时光如流　你独立在波动不息的浪潮中

慈祥的目光　牵引着一位位耄耋老人手拄拐杖

颤颤巍巍　在前行的途中回头，折返方向

沿着来时的路线　一步一步重新回到你的怀抱

听他用低沉暗哑的声音　回顾当年十八岁从你的身边

不顾一切地穿过青青麦地　跋涉千山万水

把一连串青涩故事　娓娓道来


真是离家的路有多远　回乡的路就有多长

你的目光是七彩长虹在游子的心间化作回乡的

航标　即使云遮雾罩，即使山重水复

一颗颗苍老斑驳的心　都在你的目光里

重返故里　老屋再旧　撇不开魂牵梦绕

外面的世界再大　终归是安不下一个游子飘荡的灵魂


古亭　站在时间的长廊里吐纳云气、玲珑多姿

你是中华文化传承不息的火焰

优美的身影点缀祖国锦绣河山

一处亭有一处亭的风流

一座亭有一座亭的情怀

你站在春的早晨　点拨少年的勃勃雄心

也站在秋的黄昏　陪伴年迈老人

慢慢等待夜幕降临　微风过处

言说或者静默　都是清浅的时光之花

凉亭临水月色弥漫　天地之间一片宁静

# 长江之歌

今夜　湛蓝色缥缈的海面

波光闪烁　这是大海愉快

而年轻的眼睛放射出热情的光芒

酬劳一路跋涉的长江　沉浸式

汇入　温良沉静的浩浩沧溟


蛟龙入海　并不是我想象中的

风高浪急　而是在母亲温暖的

怀抱中　安然入睡的幸福模样

陆地已悄然退去　江水和

海水一起进入幽蓝色的梦乡

大江奔流　你一直在演绎告别

从唐古拉山雪峰到茫茫东海

不断告别田野、山岗和稠密的

树林　滔滔江水带着山野盛开的

一朵朵小野花的气息　让大海

闻到了酢浆草、千屈菜、一年蓬

苜蓿等野花的清香　以及欣赏

它们鲜艳、曼妙的生命之美


让大海品尝到了沱沱河

通天河、汉江、黄浦江

条条江水的甘甜滋味　也让

大海听见了　喊一声号子千山回应

那荡气悠远的山谷回声　不仅如此

你也带来了纷飞战火留下的

那些散落在长江两岸颓圮的灰色印记

以及说不尽道不完的　巫峡

洞庭湖、鄱阳湖的清幽云梦


激流勇进　生命中曾经所有的

奔放　都源自一颗跳动的年轻的心

像深埋雪地的一粒种子　在和暖的

春风中脱壳、发芽拔节生长

水流千里归大海　这是你矢志不渝的

执着　率真地一任冒险勇猛行进

以永不回头的姿态　奔腾不息

深情演绎　面朝大海春暖花开

# 风定落花香

一股黑色旋风　来路不明

携带倾盆大雨　突袭整座山岗

似乎要席卷一切　大面积

碧绿色刚刚开始抽穗的芭茅草

已经倒伏在地　狂野的风仍不甘心

草丛里那些星星点点的植物　比如

鸭跖草、紫花地丁、蒲公英等

也想连根拔起　更别提　那遍布山野的

栀子花　片片花瓣已经散落成满天星

在一阵又一阵狂野的风中

那些高秆植物　翠竹、树木睁不开眼睛

它们看不见头顶上的乌云有多厚

四周的压迫和撕裂告诉它们　黑色旋风

欲望膨胀　布满丑陋、狡猾、掠夺

诡诈　不会轻易善罢甘休

它们把粗壮的躯干挺拔在风中

把坚韧的根系扎进更深的泥土

地面下　一花一草一木所有的根系

亲密地抱成一团　坚如磐石


毕竟是一股来路不明的黑色旋风

带着欲望和邪恶　制造了一场毁灭性暴动

纵然一片狼藉凌乱横陈　终究站不住脚跟

旋风的莽撞和轻浮　蔑视巍峨山神

注定　是落荒而逃的结局


烟消云散　狂野的风走了

狂野的风终于走了　山月朗朗

夜已深　山岗落满清辉复归宁静

纯净的空气中　飘散着落花的芬芳

香味　且混杂泥土和草木的鲜活气息

月华如水　山岗上

所有的植物睁开了眼睛

眼角的泪水还在　闪烁微光

它们在月光里稍做休息

慢慢活动四肢　恢复生机

静静地等待黎明到来

新的一天　又将从忙碌开始

# 香樟树下

一棵扎根于小巷深处的香樟树
满树枝叶在一阵阵凛冽的冬风
吹拂下荡起湖水一般绿色涟漪
那是瓦灰色狭长的街巷的眼睛

站在十六楼独自凭着舷窗俯瞰
静静看着一街人来车往的流波
和香樟树下热气腾腾的锅贴店
忙碌的是生生不息的人间烟火

香樟树独自站在四季的时光里

繁茂的枝叶为众人撑起一把伞
挡风遮雨遮阳隔热是你的执念
清脆的鸟鸣是百听不厌的音籁

香樟树！不知你何时在此扎根？
在岁月的流转中　又是怎样的
机缘巧合让你有幸地坚如磐石
像池畔的水杉自然的繁茂鲜明

这茁壮的绿色生命的激流涌动
洋溢在香樟树下锅贴姐的笑脸上
洋溢在晨曦中飞鸟欢快的歌声里
这是众生共同奏响的幸福歌谣

# 旧事重提

春风拂面　温润的感觉不免
引起旧事重提　去年的今日
也是　行走在这样的暖风中
路边的垂丝海棠　含苞吐蕾
与今天的娇艳欲滴没有区分

春风一到如贵客　年年岁岁
花相似　何止这五颜六色的
花朵如万箭齐发　缭乱人心
那田间的麦苗　又何尝不像
被春风均匀地涂抹过一层油

那碧翠的密实的　一望无际的

绿　无限铺展开油亮亮的生机

那是我年年探访的麦地　如同

寻找一位旧友　我喜欢且痴迷

这一份繁华　这年年相似的绿

# 沉陷，身不由己

就这样　春天像一场最美好的
梦　在一夜间辉煌地到来
前程似锦的淡淡黎明　闪耀
白如珠玉般迷蒙柔美的光辉

假如春天可以用花朵来解读
那樱花、桃花、梨花、杏花
还有成百上千种野生的花朵
谁能数得全　又有谁赏得尽

假如春天可以用鸟鸣来解说

那无数的　南来北往的鸟群

翱翔九天、俯瞰苍穹　还有这

枝头的雀跃　谁不是喜出望外


此刻　百花齐放

不惧明天的风雨和凋零

此刻　百鸟欢歌

不惧明天的电闪与雷鸣

此刻　身不由己

沉陷在明媚的春光中

# 花又落

尽管风飞雨急　且夹带冰雹

但同样　是一个崭新的黎明

那些从昨天的黎明走过来的

花朵　已经收拢绽放的姿态

它们和树木一起飘摇在风中


在风中在雨中　在阳春三月的

光景里　接受一场倒春寒的

洗礼　所有的敲打都是必经的

义不容辞的淬炼　尽管

有一些花儿　已经开始飘零

花又落　它们重归泥土

带着昨日的娇艳与芬芳

连同绽放时刹那间的喜悦心情

凄凄风雨唤醒它们体内灵魂

花开花落是永无止境的努力

# 远方的客人乘风来

世间热闹的地方

总不局限于密集的人群

尤其是冬日的南方

冷寂的沙滩、湿地、湖泊

片片芦苇、粉黛乱子草

紧密相连　任凭

鸥鸟在寂静的火焰里翩跹

银光闪烁　婉转呢喃的旋律

洋溢着遥远的北方温婉的笑颜

掀起　一浪高过一浪的热潮

长风浩荡　携带刺骨的寒意

航空母舰般将成群的候鸟

一批又一批送至南方

你看　艳丽的北红尾鸲来了

东方白鹳、黑脸琵鹭、红嘴鸥

黄嘴白鹭等珍稀鸟类来了

大量的雁鸭、小天鹅来了

呵！还有白鹤　这深情的

冷傲专一的爱情鸟也来了

强大的阵势显然有些喧宾夺主呢

让那些长居南方的鸟儿　像苇鸬

仙八色鸫、环颈雉等夹杂其中

弱显小巧、精致、零星而散落


轻捷地翱翔回旋　幽蓝的湖水

静静地　盛满凌空的思绪

长久的牵挂，一年一度　当真

只是为了这果腹的花草虫鱼吗

不！坚定地飞向远方

是心灵对生命的允诺

成群结队　用一份温情

连接北方和南方那遥远的

万水千山的阻隔及距离

浅鸣低唱的韵律　又何尝

不是将彻然流动的往事

倾注于　深情凝眸的草木间

随风摇曳　顾盼生姿

# 一沟乡愁

那一片青山绿水

我从未涉足其间　不过在我的心海里

分明　有一幅清晰的画卷始终崭新

似乎　曾经行走于崇山峻岭

徐徐山风　伴着阳光、山花以及飞鸟

混合着我的笑声　一起欢度过静谧的童年时光


今晚月儿圆　我明朗的思绪又开启了

千里之行　这是为一滴水开始的朝圣

故乡宿松·陈汉沟·钓鱼台水库

那是我心灵的膜拜　永恒的梦幻

一泓爱　一泓高处的大爱

顺流而下灌溉万顷良田　润泽心灵


顺着银色月光铺就的大道　我

虔诚地穿越城市、河流、山脉

来到　钓鱼台水库中心玉枢观

这座小岛一般的地方　寻访水面上

飘荡着的古今人物那神话般的美丽传说


午夜的月光愈发明亮

从正面照耀　四周群山的细流

银亮亮地汇入钓鱼台水库　波光潋滟

一种光依偎着另一种光　星星点点

穿透深水　投射进常年幽居在库底

一排排木质门面悬挂的铜锁上

碰撞出清脆得像丝绸一样柔滑的歌声

古老青幽的石板路　还有

一砖一瓦一门一窗　依然

清晰可辨　透着千年的气派

那是世世代代生于斯长于斯的

黎民百姓创造的繁华

那是农耕时代缓慢时光里

传唱的一支舒缓悠扬的歌

如今　一泓碧水

完整地收藏了一条街的前半生

优雅而昂扬地撑起另一副身架


今晚月儿圆　钓鱼台水库·陈汉沟

世外桃源一般散发出迷人的光彩

点缀在连绵起伏的大别山山脉之上的

罗汉尖、罗汉宕、九登山……

整座整座的林壑　投影其中肃穆、庄严

凭空飘起的山岚　和着清亮的月色荡漾开来

流连着无限的柔情　融入无垠

世间一切美好都处于不断创造之中

故乡宿松·陈汉沟·钓鱼台水库

分明是一首写不完的长诗　美好的过程

始终在不断寻找和创造中蓬勃向前

# 白　鹭

是这般　再寻常不过的旷野与黎明

因你的飘然而至　顷刻间

化作迷幻的风景　散入微茫


那样轻盈　向来不愿惊起谁

无法遮盖的洁白的羽毛

似一线突如其来的神圣之光


凝视于寂静无言中　也许是你

把人们引入真正的生命之旅

那样简洁　那样安静、那样轻

# 黄梅雨

雨一直在下　闪电、雷声开道

小雨、暴雨、中雨

有如天庭的另一番心思

在勃勃生长的季节里昂扬而歌


奔放的旋律　鲜明而欢愉

落满山岗、田野、平原、城市

一季镌刻在流年里的黄梅雨

落在人世间　恣意忘情

一个个日子被雨水打湿

模糊不清的风景里　荷叶

饱满的绿意随雨珠滚动

并一起滑落　带着

烟雨江南独有的温柔与伤感

在滴滴答答的屋檐下

在青石板泛起的水波中

慢慢释怀　缓缓流逝

# 云淡风轻

窗外　风景扑面而来

蓝天奉送缥缈的唯美

坦荡、清澈　洁白的

云朵　充盈着动物的激烈

也充盈着植物的纯然与繁茂

如阵阵羊群游弋于芳香的草原


山野碧翠　从不怀疑自己是云的故乡

常见的松林、竹林以及周边越开越艳的

翠芦莉在烈日下静感白云的心跳和呼吸

森林里音乐响起　更多的是来自蝉的嘶鸣

哪怕一朵云悄然间变换成另一朵云

哪怕稍纵即逝的瞬间跟随微风一去不返

青山依旧驻守岁月的信念

云卷云舒　蓝天一见倾心

# 高高的板栗树

今夜的月光多么明澈

照亮花园中一树爱的盛筵

那密集的缀满枝头的板栗球

月亮一样圆满　多么像

沉默不语的爸爸用一生的

智慧和汗水构筑的盼望和希冀


如同鸟儿在巢里最没有危险

高耸的板栗树用毕生的心血

为果实构造安乐窝　用布满

尖针的刺衣打包　抵御严寒

烈日、狂风、暴雨的侵袭

每一粒果实深藏着低回的爱

闪烁　耀眼迷人的栗色光辉


中元节的月光是思念的月光

没经离别之苦怎知幸福之甜

爸爸用一生的心血构筑希望

女儿用半生的泪水怀念爸爸

十五年时光悠悠远去　爸爸

已低低融进尘埃也高高挂在

碧霄　如花园里这棵坚韧的

板栗树　永远和我们站在一起

# 晚霞中的红蜻蜓

此刻　你翩跹于新汴河稠密的

菖蒲草之上　轻盈随风

像绿色的梦里开出一朵

鲜红的花　不含虚无和逡巡


日月更替　你在时间的芬芳里

起舞　啜一滴清露

在重重迷失、消散又返回的

柔和之光里　寻寻觅觅

秋风萧瑟　落叶回旋于大地的

伤口　你仍以炽热的感官

回旋于菖蒲的发梢　试图抵达

葱绿的沉默里深藏的绝对宁静

# 云海之上

云海之上　太阳、蓝天、白云与共

以各自的运行方式存在

不因彼此的变化而打乱自己的节奏

这里没有挤兑、打压和霸占

也不充斥伤逝、渺茫、万象皆空


太阳知道　白云知道

蓝天更知道　每时每刻的壮观

都是不可复制的风景

它们以最简单的形式

各自舒展在辽阔无垠的宇宙间

共同做一个完美无缺的梦

# 后　记

　　《金百合》终于定稿，一份创作成果，收获喜悦，自不必说。与此同时，《金百合》虽以诗集的面目问世，严格地说，是不是其中每首都能称之为诗歌，这也是我时时感到忐忑不安之处。尤其是长篇叙事诗，向来备受争论，更多的人在这方面饱受嘲讽，包括名人名家，而我恰恰是写长诗多。只能说，我是借诗歌之名，来抒发内心对大自然的无限热爱、对生命的无限感恩。

　　记得曹雪芹在《红楼梦》里，借林黛玉之口说："若是果有了奇句，连平仄虚实不对都使得。"我想格律诗尚且如此注重内容而不拘于形式，何况新诗呢？写作不是一件难事，但也不是一件容易的事。作家三毛说：我们应该找到人生最重要的一件事，也许是一份事业，也许是一个坚定的信念，最重要的是要坚持下去。就像飞蛾扑火一样，就算明知是赴汤蹈火也在所不惜。深以为然。

二十年来，我一直笔耕不辍，将文字扎根于泥土，深情拥抱鲜活在大地之上的万千风物。这是我写作的目的，也是我写作的意义，更是不辜负父母对我的期望和要求。爸爸王智，7岁入私塾，饱读诗书。18岁参加工作，把一生献给了新中国建设，无怨无悔；妈妈郑涛英，是中华人民共和国成立后宿松县首届师范生，作为一个陈汉山区土生土长的女孩子，获得接受教育的好机会，她格外珍惜和努力。毕业后参加工作，妈妈奔走于陈汉区各所小学，推广语音教学，不遗余力。父母在工作、家庭、生活高度劳累的同时，常常感叹：可惜没有时间，真想把祖国日新月异的新面貌写下来。

再后来，父母看见逐渐长大的我喜欢阅读，时常加以启发和引导。告诉我：一粥一饭，当思来之不易；半丝半缕，恒念物力维艰。希望你尽可能多地把人世间的真善美记录下来。劳动人民用血汗把你养大，你要懂得感恩，做一个勤劳、善良、对社会有益的人。如今父母双亡，对我的期望已化为遗愿。而我也因不断从大自然中获得灵感，常年沉浸在写作中，远离喧嚣。专注于自己的思想和情感，审视自己的行为、价值观和生活目标，从而获得更深层次的内心挖掘及思想作品。

衷心感谢琪琪老师无私奉献，连续三年时间里，不断朗诵我的拙作并在多个平台推广，居高不下的点击率和读者留言鼓励，激发了我的写作热情，增强了我写作的自信心。琪琪老师，本名吴玉琪，原北京市机械局干部。从小就喜爱朗诵，退休后重拾朗诵爱好。以积极乐观的姿态面对生活，爱好文学艺术、体育、旅游、美食等。愿用自己的声音传递正能量、颂扬真善美。曾获北京市优秀工会工作者、全国优秀工会工作者荣誉称号，荣获全国五一劳动奖章。

衷心感谢在写作的征途上一直关心、鼓励、帮助我的朋友们，愿我们在人世间这片永远充满未知和创造的肥沃土壤上，风雨同舟，相携而行。

王晓红

2024 年 5 月 16 日于芜湖·华亭阳光绿洲